AF281847

Reputation ist das,
was Männer und Frauen über uns sagen.
Charakter ist das,
was Gott und die Engel über uns wissen.
(Unbekannt)

Uwe Klappert

Kaltes Brot

Bibliografische Information der Deutschen National-bibliothek:
Die Deutsche Nationalbibliothek verzeichnet diese Publikation in der Deutschen Nationalbibliografie; detaillierte bibliografische Daten sind im Internet über http://dnb.dnb.de abrufbar.

Illustration: Uwe Klappert
Herstellung und Verlag: BoD – Books on Demand, Norderstedt

ISBN: 978-3-7568-3579-9

Erster Teil

Kapitel 1

Man kennt sich

»Holst du Jette irgendwann die nächsten Tage rüber, wenn ich dir sage wann?«

Wesentlich freundlicher als ihr zumute war klang die einfach gestrickte Frage, zu der sie sich einigermaßen hatte überwinden müssen. Ein hinzugesetztes »Bitte« verkniff sie sich denn auch. Auf seiner abgewetzten, wie üblich unbezogenen Matratze sitzend, den steifen, quietschgelben Friesennerz eng um sich gerafft, kauerte Frau Freya Oesting, wo sie sich oft geschworen hatte nie mehr zu sitzen. Das Kinn auf die offene Handfläche gestützt, schaute sie angewidert zur Seite. Sich den schmierigen, von Ölflecken übersäten Blaumann richtig hochzuziehen, bevor er -nach mindestens einer halben Stunde- wieder auf der Bildfläche erschien, kam dem Torfkopp auch nach dreizehn Jahren, die sie ihn leider kannte, noch nicht in den Sinn. Geschweige denn die morsche, kaum noch in den Scharnieren hängende Türe zum stillen Örtchen zuzumachen. Den unerträglichen Gestank seiner chronisch dünnen Scheißerei, roch er doch schon lange nicht mehr.

Selbst da drinnen war er ihr damals ungestüm in den Rücken gefallen. Erst hatte sie, mit gekünstelter Einfalt, heftig dagegen protestiert und wild mit den Armen um sich geschlagen, dann aber doch sein widerliches Gestose genossen. Beim bloßen, doch gottlob seltenen Erinnern überkam sie der Ekel. Anscheinend blieb sie das anrüchige Naturwunder, über das

6

sich glänzend rutschen ließ. Manchmal könnte sie sich bespucken. Sogar die Tiere trösteten sie dann nicht. Die kosteten sie nur das letzte Hemd. Von denen mittlerweile über zwanzig, und sogar von der besten Sorte, in ihrem Schrank hingen.

Mit nicht eben den besten Vorahnungen auf seine Antwort wartend kam es Freya Oesting vor als wäre sie erst gestern hier, in seinem dank nur winziger Fensterchen schummrigen, eigentlich aber recht hübschen Fährmannshäuschen gewesen, das gut versteckt hinter einer mächtigen Düne liegend auf den sprichwörtlichen Sand gebaut war. In Pietjes rustikaler Landbleibe, die nur aus einem einzigen, niedrigen Raum bestand, in dem es weder Telefon noch einen Fernseher gab, herrschte nach wie vor eine selbst für Gressiel ungewöhnliche Kargheit.

»Und hier bei uns soll das arme Dirn dann bleiben und wahrscheinlich noch den alten Andresen heiraten. Wenn sein Krüllhahn nur halb so groß ist wie seine Klappe bekommt sie Spaß.« Pietjes lachte auf. Es war ein kaltes, unangenehmes Lachen. In tiefen Schüben hebte und senkte sich seine weiße Hühnerbrust, von der Freya schon damals nicht unbedingt angetan gewesen war.

»Du mieser ...« Sie biss die Zähne zusammen, bis die Wangenknochen knirschten.

»Die A Cappella ist kein Eisbrecher, Mäusken. Hast du dir mal die Fahrrinne angesehen? Überall Dreckhaufen. In die Luft jagen sollte man die scheiß Schwimmbagger.«

Nicht im Traum dachte Pietjes daran einfach »ja« zu sagen. Seit fast acht Jahren hatte sie sich nicht

7

blicken lassen, war stattdessen, während ihrer zahlreichen abendlichen Spaziergänge, einfach an seinem Zuhause vorbeigegangen.

Schwerfällig streifte er sich die verdrillten Träger über die schlaksigen Arme, aus denen dicke, hellblaue Venen hervortraten. Feuerrot war sein vom Kortison aufgedunsenes Gesicht, dessen ruhiger, ihr gleichgültig vorkommender Ausdruck Freya in eine wunderliche Rasche versetzte. Aber wie glücklich war sie doch, wem Gressiel die Bagger *nicht* zu verdanken hatte. Obwohl auch sie nicht wirklich begriff, was es da plötzlich zu vertiefen geben sollte.

»Wer blecht den Schaden, wenn es kracht oder mich ausgerechnet die Odin aus dem Dreck schleppen muss? Du?« Genüsslich setzte er hinzu: »Brauchst du dein Geld derzeit nicht woanders für? Die Paragrafenreiter lassen sich doch jeden Furz bezahlen. Aber du hast ja genug gebunkert, was man so hört.« Was er nicht gehört hatte aber wusste war, wie sehr sie dafür geschuftet hatte. Jeden Kerl arbeitete sie in Grund und Boden und ganz sicher auch ihn. Es machte ihm nichts.

»Reagier dich ab! Es gibt keinen Anwalt. Ich kann froh sein, wenn ich für die keinen Stall voll Therapeuten buchen muss«, blaffte sie aufgebracht. Diese krächzende, dazu leicht weibische Stimme, wenn die Emotionen bei ihm durchschlugen. Es fröstelte sie. Noch enger raffte sie ihre unbequeme Gummihaut um sich. Sie hasste die Dinger. »Und nenn mich gefälligst nicht Mäusken. Die Zeiten sind vorbei.«

Für ihn waren sie anscheinend nicht vorbei. Was sein Bier war. Bier … Den Suff jedenfalls hatte er besiegt. Selbst hier, auf der kleinsten der sechs Boddeninseln, wurde aus Tradition heraus geschluckt. Es gab keine Tradition! Ein kalter Entzug, ohne nur einen einzigen Menschen der ihm beigestanden hätte. Freia schluckte.

Freilich imponierte ihr des schnodderigen Pietjes Hinnerksens Überlebenswille. Sie zeigte es ihm nicht. Ebenso wenig die aufrichtige, immer noch vorhandene Besorgnis, seit er im letzten Sommer, vor den entgeisterten Blicken etlicher Tagestouristen, sein Kreislauf kollabiert und er beinahe zwischen Schiff und Pier ins Wasser geknallt wäre. Wochenlang hatte es beim geschwätzigen Inselvölkchen kein wichtigeres Thema gegeben. Nur sie hatte sich nicht am Getratsche beteiligt. Denn immer noch stand sie unter Beobachtung. Trotz der Jahre, die seither vergangen waren. Ja genau deshalb hatte sie ihr ansonsten recht freches Mundwerk gehalten. So geriet der Dauerbrenner womöglich doch noch in Vergessenheit. Normal angesehen wollte sie endlich wieder werden. Mit den anzüglichen Blicken einiger hier kam sie zurecht, nicht aber mit den blutunterlaufenen Augen, in denen sie das Wissen um die schräge Geschichte förmlich stehen sah:

»Du und unser Rumpelstilzchen ...?! Ne, ne, ne ...!«

Freya schürzte die Lippen. *Ja, mit ihm, ihm, ihm ...* Und ganz gleich wie beharrlich sie sich auch eintrichterte, dass Pietjes, der irgendetwas vor sich hin murmelte, doch nur ein armer Kerl war, dem sie vielleicht sogar den größten, besten, geilsten Gefallen seines banalen, wertlosen, beschissenen Lebens getan hatte; an der Tatsache, dass er auf diesem Eiland in gewisser Weise einer Institution glich kam sie nicht vorbei. Einer Institution, die sich vom seinerzeit noch frischeren Leibe zu halten ihr mitunter erhebliche Anstrengungen abverlangt hatte. Eine richtige Sau war er gewesen. Anfangs, als sie mit der Ponywelt die ersten Versuche wagte und an und ab sogar ein paar Euros in die Kasse gespült wurden, war es ihr recht gewesen. Vollkommen neu sollte der Neubeginn nämlich nicht werden. Immerhin: Für eine aus dem Nichts aufgebauten Ponyhof hatte es gereicht! Von einem Lebenswerk aber sprach sie nicht. Nicht vor sich, nicht vor anderen, vor allem aber nicht vor ihm, der sich damals nicht mal herabgelassen hatte ihr ein paar Zaunlatten anzunageln. Was sie eh nicht angenommen hätte, so besoffen wie er oft gewesen war.

Sie war aufgesprungen. Beinahe panisch strich sie sich über den prallen, straffen Hintern.

»Schiss um deine Robe, Mäusken?« Wieder erklang sein unfreundliches, auf schiere Provokation angelegtes Lachen. »Keine Angst, die Soße ist längst eingetrocknet ...« Sehr, sehr nachdenklich wirkte Pietjes plötzlich. »Bei dem feinen Mensen komme ich doch auf keinen grünen Zweig mehr. Nur weil ich mit meinem Kaan aus Versehen an seinem Etepeteteschiffchen vorbei geschrubbt bin.« Den Nasenrotz geräuschvoll nach oben gezogen, raffte sich die klapprig gewordene Gestalt einen Schemel unter den knochigen Allerwertesten, fingerte ein Klappmesser und eine Möhre aus der weiten, ölverschmutzten Bux. »Liebe Fahrgäste ...« begann er, seine Rübe angestrengt nach vorne gereckt, mit breit gestelltem Mund, während er

10

das Schneidinstrument öffnete und bedächtig einen Streifen abschnitt. Noch breiter wurde die Schnute, mit den gelben, an einigen Stellen abgebrochenen Zähnen. »Liebe Fahrgäste, in wenigen Minuten erreichen wir Gressiel. Das Team der Odin wünscht ihnen noch einen angenehmen Aufenthalt, auf unserer ganz besonderen Insel und bedankt sich für Ihr Vertrauen. Wir hoffen sie bald wieder an Bord begrüßen zu dürfen!«

Dass Mensen, der nicht mal auf Gressiel sondern in Bremsbeck lebte, ein richtiges Arschloch war wusste auch Freya. Reihenweise Fahrgäste jagte er Pietjes ab. Womit er ihm finanziell erheblich zusetzte. Irgendwie tat es ihr leid.

»Was ist jetzt Herr von und zu Hinnerksens, holst du sie?«, bohrte sie, unauffällig auf ihre Uhr sehend, nach. »Ich kann sie nicht in den Heli setzen. Die kotzt denen noch den Apparat voll. Der nächste fliegt sowieso erst nächste Woche. Zudem hat sie wahrscheinlich dickes Gepäck.« Bissig, wenn auch eher an sich selbst adressiert, setzte sie hinzu: »Wenn nicht gerade wieder mehr als drei Knoten Wind sind. Für Sven und seine Kamikazepiloten ist das doch ein regelrechtes Unwetter.«

»So richtig liebgewonnen hast du sie aber immer noch nicht.«

Dass er nicht die Inselhoppers meinte begriff sie sofort.

»Wir haben ein geklärtes Verhältnis. Das sollte dir genügen.«

»Du meinst, du hast sie bequatscht«, kasperte er vor sich hin. Wenn jemand sein Mäusken kannte dann er. »Jette bei diesen komischen Pinguinen einzuquartieren bringst auch nur du fertig. Glaubst du das hindert sie?« An Freya vorbei warf Pietjes sein Messer aufs Bett. Er fasste sich in den Schritt, bewegte sein Becken vor und zurück. Der juckt es doch woanders ...«

»Ich sagte bereits: Wir haben ein geklärtes Verhältnis!« Nichts zu wünschen übrig ließ ihr Tonfall an Schärfe.

Ohne ein einziges Wimpernzucken, gaffte Freya ihn an. Egal bei welchem Sabbelhahn er es aufgeschnappt hatte; sie brauchte ihn jetzt. Auch wenn gerade er sicher nicht kapierte, was ein geklärtes Verhältnis ist.

Kapitel 2

Ortstermin in der Provinz

Bedächtig strich sein knubbeliger Warzenfinger über braune, vom Überkochen herrührende Flecken. Als wären die Ungereimtheiten damit weggewischt. Waren sie aber nicht. Zumindest nicht für ihn. Obgleich er den beiden, denen die Betroffenheit deutlich anzumerken war, ihre Aussagen abnahm. Welch grundanständige, unbescholtene Leute. Für die waren selbst verspätet an die Straße gestellte Müllsäcke ein Sündenfall. Ein paar mehr von denen, in den letzten dreißig Jahren, und er würde anders auf die Welt blicken.

Wenn ihn in der auch schnell die Langeweile gepackt hätte.

Schwerfällig wie eine Dampfwalze entfernte er sich von dem versifften Herd, ließ sich keuchend auf dem durchgesessenen Sofa nieder. Die fettigen Fransen aus der schwitzenden Stirnfurche wischend, blickte er sich um. Wobei er seine Hornbrille wieder und wieder zurechtrückte.

Hier aber gab es wirklich nicht viel. Ein einfaches Steckregal, voller der Größe nach sortierter Computerbücher, Programmhefte irgendwelcher Schülertheateraufführungen an die Wände geheftet, ein eingerahmtes Bild von Christos berühmten Regenschirmen, über dem einfach aussehenden Schreibtisch. Nicht eine leere Bierflasche, kein stinkender Aschenbecher. Der quoll draußen über. Keine dreckigen Spritzen, die Roland Derksen eh nicht erwarten hatte. Nein, überhaupt nicht roch ihm das hier nach Suff, Party und Drogen. Im Gegenteil: In einer richtigen Asketenbude war er gelandet, in der niemand gewohnt hatte, dem die Dinge völlig aus dem Ruder gelaufen waren, der seine kümmerliche Wohnung nur des guten Eindrucks willen auf Vordermann brachte. Oder aus Besorgnis, vor einem unangemeldeten Besuch des Vermieters.

»Und sonst hat er tatsächlich keinen Besuch bekommen?«, fragte er betont ungläubig, als könne er sich das absolut nicht vorstellen. Konnte er aber doch. Von den Escorddamen abgesehen bekam nämlich auch er keinen Besuch.

»Seine Schwester schaute manchmal nach ihm. Dann stand er mit ihr unterm Vordach und hat geraucht. Wir haben das immer am Rande mitbekom-

13

men.« Der zwei Köpfe größere, mit einem kreisrunden Haarausfall geschlagenen Hausbesitzer Gerlach starrte unter sich. »Auch als diese Frau noch mit ihm zusammen war. Wissen sie … wir haben nie besonders viel Umgang mit ihm gehabt, sind einfach nicht an ihn herangekommen. Selbst als wir ihm das Du angeboten haben. Allerdings …« - als müsse er sich der Richtigkeit seiner Erinnerung vergewissern, hielt er kurz inne- » … allerdings hatten wir schon den Eindruck er wird allmählich zugänglicher. Zwei drei Sätze waren da immerhin drin. Viel ihm aber nicht leicht. Ist doch so Jule oder nicht?«

»Ja …«, bestätigte die Angesprochene schwach, die eigentlich Juliane-Verena hieß, und deren Erschütterung noch größer als die ihres Mannes war. Noch dazu fühlte sie sich dem massigen Polizisten regelrecht ausgeliefert, fand in ihrem eigenen Heim keinen Mut sich neben ihn zu setzen. Wie bestellt und nicht abgeholt stand sie mit ihrem Mann mitten im Raum. Zum wiederholten Male aber nicht minder scheu fragte sie: »Können wir ihnen, bevor sie wieder wegmüssen, denn nicht wenigstens … die ganze Nacht gefahren und nichts gegess …«

»Anfangs dachten wir es läge an der Sache mit seinem komischen nicken. Wie jemand mit Parkinson«, fuhr Herr Gerlach nicht minder sachlich seiner Jule dazwischen. »Worauf ihn meine Frau auch mal vorsichtig angesprochen hatte. Sie wissen schon, wegen der Arbeit und so. Der war ja bei keinem Unternehmen angestellt. Bis uns klar wurde: der will einfach nur seine Ruhe haben.« Er seufzte. »Aber damit … «

»Hätte doch auch jemand anderes sein können. Oder sahen die beiden sich irgendwie ähnlich?« Erdenklich Mühe gab sich Derksen eine dienstliche Strenge beizubehalten, während er den vergilbten Monitor eingehend betrachtete. Förmlich davor sitzen sah er den Burschen. »Viel Persönliches wird gerade der doch nicht heraus posaunt haben ...« Im Stillen stellte er fest: auch solche Leute besaßen ihre Existenzberechtigung.

Sein verqualmter Kürbis funktionierte jedenfalls. Blieb die Frage wie lange. Vor nichts fürchtete er sich mehr, seit der Sechzigste hinter ihm lag und die Aussetzer zunahmen. Seinen neuen Kumpanen vom Freizeitskat, von denen einer sogar in der Elbchaussee wohnte, mochten das auf die leichte Schulter oder sogar komisch finden. Immerhin trafen die spitzen Bemerkungen einen Bullen, einen Mann der das Gesetz durchsetzte, einen Mann der sich mehr herausnehmen durfte als andere.

Dermaßen satt gefressen hatte er sich daran.

»Nein ...« Jetzt hatte Juliane-Verena Gerlach, die nicht aufhörte an einem Papiertaschentuch herumzuknüllen, auch den etwas energischeren Teil ihrer Sprache wiedergefunden. Ahnend, wie zornig dieser Derksen werden konnte behielt sie sich im Griff. »Wir haben es uns aber gedacht. Der war niemand, der andauernd eine andere ... Wie denn auch bei dem Ausseh ...«

»Wenn schon!«, fiel ihr die Pläte, den ergrauenden Vollbart kraulend, barsch ins Wort. »Wir hätten bestimmt nichts gesagt!«

»Nein ...«, bestätigte seine Jule leicht erschrocken. Auch sie wusste wie hellhörig das einfache, der örtlichen Bank noch etliche Jährchen gehörende Haus war. Nichts hatte sich ihr Untermieter jemals anmerken lassen. Obwohl sie beide dabei nicht unbedingt leise waren. Unvermittelt rief sie aus: »Er hatte doch auch einen Schlüssel ...!«

»Natürlich hatte er einen Schlüssel«, gab Derksen, bei dem sich die lange Nachtfahrt allmählich bemerkbar machte, wenig überrascht zurück. Anhaltend gähnte er in seine Hand. »Entschuldigung ...«

»Meine Frau meint von unserer Wohnung«, klärte Herr Gerlach, dem Derksens plötzliche Unkonzentriertheit nicht verborgen blieb, die Sache auf. »Ich denke auch, sie sollten etwas essen und einen Kaffee trinken. Wir könne gerne hoch zu uns gehen ...«

Derksen wurde wach:

»Sie haben ihm einen Zweitschlüssel gegeben?!«

»Haben wir«, meldete sich jetzt wieder Frau Gerlach und sogar mit einer kräftige Portion Trotz zu Wort.

»Weil wir ihm vertraut haben«, ergänzte die Pläte fest. Mussten sie jetzt auch noch erklären, warum sie ihn überhaupt so lange bei sich hatten wohnen lassen? Hatten sie aber. Ohne es nur einen Tag lang bereut zu haben. Weil er keinen Krawall veranstaltet hatte.

»Schon gut«, brummte Derksen. »Ist ihre Sache, wem sie einen Schlüssel geben. Hat ja auch mit der Sache hier nichts zu tun. Oder vermissen sie etwas?«

»Nein!«, antwortete Herrn und Frau Gerlach einigermaßen entgeistert, wie aus einem Munde. Wobei Frau Gerlach noch hinzufügte: »Aber den Schlüssel hätten wir schon gerne zurück. In seinem Schreibtisch ist er nicht ...«

»Sie haben ...«

Die Pläte schaute nach unten.

»Ja, haben wir ... Durften wir wohl nicht, was?«

»Keine Ahnung aber egal jetzt. Ich kümmere mich darum.«

»Danke ...«

»Auch das hat mit dem Fall nichts zu tun aber haben sie eigentlich Kinder?« Derksen gelang ein für ihn ungewöhnlich nettes Lächeln, das sofort erlosch, als es in seiner olivgrünen Jacke vibrierte. »Moment ...« Erst nach dem zweiten Anlauf stand er auf den kurzen Beinen, stob, das Telefon in Händen haltend, so schnell es ihm möglich war zur Haustüre hinaus. Doch selbst draußen, wo er sich zwischen zwei in letzter Blüte stehenden Sternsträuchern herumdruckste, hielt er die angekratzte Stimme gesenkt, als habe auch das ihn umgebende Gewächs Ohren. » ... gut Ortwin, dann kann ich mir das hier im Prinzip auch schenken. Hättet ihr damit nicht eher herausrücken können? Vergiss es. Ich bin abends zurück. Und noch was: Wir müssen uns morgen mal genauer den Schlüsselbund ansehen, den der Junge bei sich hatte. Ok, ich muss jetzt wieder rein.«

Ohne die Verbindung zu unterbrechen ließ Roland Derksen sein Handy zurück in die Jackentasche fallen. Um ein Haar über den Türabsatz stolpernd, eilte er zurück ins Haus. Und fast aber nur fast hätte er sich noch bei seinem Vorgesetzten, den er vielleicht sogar am meisten vermissen würde, bedankt.

Kapitel 3

Drei Wochen zuvor: Messezeit in St. Bartholomäus

Vollendet barock, noch dazu recht malerisch am Ende der alleengleichen, auf rumpelnden Pflastersteinen leicht bergwärts führenden Fliederstraße gelegen; hierhin, zur in der Gegend sittsam bekannten Altkirche St. Bartholomäus, hatte sich Jette Oesting damals, bereits in der ersten Woche nach ihrer Ankunft, begeben. Weniger aus echtem Verlangen als der inneren Ruhe, eines ihr absolut nicht unbekannten Kleinbeigebens wegen. Versprochen hatte sie es Freya, hoch und heilig versprochen. Wie alle hohen und heiligen Versprechen aber, die ihr im Laufe der jungen Jahre abgerungen worden waren, sollte ihr auch dieses doch bitteschön eine Angelegenheit des aller reinsten Herzens sein. War es aber nicht, und so gesagt hatte es Freya auch nicht. Trotzdem: Die unerschütterliche Riege der Heiligen schien sie nur schwerlich wieder loszuwerden. Gleich mit Pattex verstärkte Kletten klebten die christlichen Epigonen an ihr. Nichts klebte an ihr! Aber dachte sie so ging es ihr besser mit sich. Noch besser aber ging es ihr, wenn sie sich das aller reinste Herz zurecht spöttelte. All das in ihrem Verstand an den rechten Ort legen konnte sie aber nicht. Noch viel weniger konnte sie sich Freyas Eismoral entziehen, die in einem merkwürdigen Widerspruch zu ihrer Erscheinung stand, wie es Jette Oesting immer wieder in den Sinn kam. Dann fragte sie sich ernsthaft warum sie überhaupt der verwunschenen Schäre den Rücken gekehrt hatte. Weil es galt einen sogenannten ordentlichen Beruf zu erlernen? Für den es, mit ihren seinerzeit bereits zweiundzwanzig Lenzen, höchste Eisenbahn geworden war? Um Freya endlich zu entkommen? Doch selbst jetzt blieb es die Autoritätsperson, deren Vornamen in den Mund zu nehmen Jette sich lange nicht getraut hatte.

Am Tage ihrer herbei gesehnten Abreise jedoch, als sie morgens an der heruntergelassenen Rampe der qualmenden, vor sich hin wummernden Fähre stand, im nervösen Augenwinkel den im verqualmten Führerhäuschen sie hektisch herbeiwinkenden Pietjes, war sie mutig gewesen. Und immer noch wüsste sie gerne, in welcher Beziehung das absonderliche Männlein zu Freya stand. Aufgeschnappt hatte sie vieles, geglaubt nur wenig. Nicht noch mehr Probleme wollte sie bekommen Freya irgendwo einzuordnen.

»Ich melde mich sofort bei dir, sobald ich bei denen angekommen bin … und danke für alles … *Freya* …«

»Mach das, Kind.«

»Jetzt muss ich aber los, sonst fährt die A Capella ohne mich ab und du musst mich noch eine Nacht ertragen.«

»Ohne dich fährt die alte Butterbirne nirgendwohin!« Wie eine an Pietjes adressierte Drohung hatte es geklungen.

»Sag mal, wie hast du es eigentlich fertiggebracht, dass die mich in der ersten Zeit da wohnen lassen? Du wirst ja hoffentlich niemanden bestochen haben!«

Ihr nachgeschobenes, süßliches Lächeln hätte sich Jette besser verkniffen. Bis ins Mark waren ihr Freyas schlagartig kalt gewordene, bohrende, weder abends noch in der Frühe trübe Pupillen gedrungen. Es interessierte sie aber! Bis heute interessierte es Jette. Bei den Schwestern nämlich bezog sie immer noch Quartier. Wobei sie es belassen wollte. Zumindest bis klar war, wie es mit ihr beruflich weiterging.

Doch wie hatte sie die beiden gegenüberliegenden, in speckige Ockerfarben gehaltene Wohnriegel, mit ihren klitzekleinen Balkonen, anfänglich gehasst. Nicht minder den dazwischen gelegenen Park der Berufenen des Heiligen Bernadetto, mit ihren blütenweißen Hauben über dem hellgrauen Habit. Sie grüßten, ja, sogar recht freundlich, unterbrachen dafür sogar ihr offenkundiges in sich gekehrt sein, und -was für Jette besonders wichtig war-: sie fragten nicht. Doch kamen ihr die Frauen unangenehm informiert, zuweilen sogar wie dezente Aufpasserinnen vor, die nur so taten, als ginge ihnen die Welt am Arsch vorbei. Besonders Schwester Marie-Ambrosine, mit ihrer überbordenden Herzlichkeit, bei der sie regelmäßig ein sonderlich wohliges Empfinden beschlich.

Ebenso daran knabbernd saß Jette Oesting auch an diesem Sonntag wieder im gewaltigen Mittelschiff von St. Bartholomä, presste die an den Fingern leicht bläulichen Hände zwischen die fein bestrumpften Schenkel und Freyas ihr immer fadenscheiniger werdenden Namen aus dem nach bitterer, einsamer Nacht schmeckenden Mund. Dass Kirchen nicht ordentlich beheizt werden schmeckte Jette   Oesting nicht. Erst recht nicht an diesem, ihr die mieseste Stimmung seit langem bescherendem Morgen. Als würde sie Sonntage, an denen weniger als nichts geschah, an dem andere ausgiebig taten was sie immer noch nicht tat, nicht genug verabscheuen!

Stillstandtage, Nullchancentage, Tage so überflüssig wie jener an dem Freya viel zu früh und unangemeldet bei ihr aufgeschlagen war. Noch dass sie, um ihrer neue Bleibe eine zumindest kleine persönliche Note abzutrotzen, damit fertig geworden war die karge Hinterlassenschaft der Oberin Theresa, mit etlichen inneren Respektbezeugungen, vorsichtig umzuräumen und sich ein halbes Dutzend billige Stiefmütterchen aufs schmale Fenstersims zu stellen.

Umgänglicher war ihr Freya vorgekommen, freundlicher …

Jedenfalls: Woran zum Glück der auffallend reizvollen Jette Oesting bis zum heutigen Tage nicht vorbeizukommen war: Endlich weg von Gressiel! Wenn auch nicht alles dort Erlebte ihre Laune regelmäßig verdunkelt hatte, nein, überhaupt nicht. In den Sommermonaten zum Beispiel, wenn sie Freyas zotte-

21

lige, mit allerlei Kraftfutter fett gemästete Ponys, mit einem Dötzchen oben drauf, über die wild wuchernden Wiesen zum besonders schönen Nordstrand hin führen durfte (für immerhin ein recht großzügiges Taschengeld, von diesem oder jenem Elternteil). Nicht zu reden von den noch wärmer machenden Vorstellungen, denen sie dabei nachzuhängen pflegte. Kamen ihr die Väter der Kurzen doch oft nicht viel älter vor als die Pferdeführerin. Mitunter recht ansehnliche, knackige Väter, die nicht immer das passende Gegenstück im Gepäck hatten.

Nichts war je passiert. Nicht die kleinste Andeutung hatte sie auf die Reihe bekommen.

Scheu aber interessiert blickte sie neben sich, wo der Mann, gehüllt in seinen beigen Lodenmantel, die silbergrauen Haare akkurat gekämmt, auch heute wieder innig lauschte. Wenigstens tat er so. So stellte die junge Frau Jette Oesting sich einen gepflegten, älteren Herrn vor. Oder einen Agenten, aus einem Jerry-Cotton-Groschenheft. Einmal hatte sie eines beim Reinemachen eines Gästezimmers gefunden und in aller Schnelle durchgeblättert. Fehlte nur noch der stilechte, schief aufgesetzte Hut, der Zigarettenstummel im Mundwinkel, all die Coolness, die schließlich einen echten Agenten auszeichnet.

Wieder linste sie zu dem vornehmen Herrn. Als der recht eindeutig ihren Blick erwiderte, zuckte sie -nicht wenig besorgt seine Hände könnten wieder auf Wanderschaft gehen- zusammen. Schon waren die süßen Grübchen aus ihren frostigen Wangen verschwunden, alles ja doch wieder dem gläubigen Ernst da vorne am pompösen Altartisch gewichen. Hoch zur

Kanzel, mit ihren fünf Engelköpfen, schaute sie und weiter zum Prospekt der mächtigen Pfeifenorgel, deren Putten und Weinranken sie als nicht minder geschmacklosen Firlefanz empfand.

Kapitel 4

Ein Sonntag in der Provinz - warten auf Schnullerbacke

Immer noch schaute Henner Berg in die Röhre. Das aber tat er ausgesprochen konzentriert. Wobei er, seine Nickelbrille weit über die Nasenwurzel geschoben, die Liste abermals durchging.

So gefreut hatte er sich auf sie.

Was erwartete er? Deutlich genug war doch der im Chatprofil hinterlegte Hinweis ihrer strengen katholischen Erziehung, die er, gemessen an ihrer zauberhaften Erscheinung, beinahe als Folter betrachtete. Saß sie halt noch in der Kirche, mit ungebrochenem Käuschheitswillen des hohen Priesters geschwätzigen Worten lauschend. Die verunsicherte Schöne, die sich erst körperlich finden muss, und der sich um alles und jeden kümmernde Herrgott. Gerne würde er es glauben. So wie schließlich auch er glaubte.

Vielleicht aber kokettierte das Schnuckelchen auch nur mit ihrer ach so strengen katholischen Erziehung, bedacht darauf das gelackmeierte Mannsvolk im Chat noch heißer zu machen. Immer öfter überlegte er daran.

Entgegen seinen sonstigen, wie er selbst zuweilen einräumte recht zweifelhaften Chatgewohnheiten wollte er ihre mögliche Unerfahrenheit nicht auszunutzen, zu der das auf verblasst getrimmte Profilbild irgendwie passte, auf dem sie lächelte wie eine entrückte, auf sinnliche Erweckung wartenden Madonna. Eine Madonna, die sich, zugunsten welcher Aktivitäten auch immer, im Chat nicht blicken ließ.

Abgesehen von der Sache mit dem alten Mann, die ihm recht unverblümt auf die Nase gebunden worden war, plauderte sie auch nicht viel. Als wäre alles ein dramatisches, für fremde Augen undurchdringbares Geheimnis. So kam es Henner vor, der hier immer wieder höchst pikante Offenbarungen erlebte und -sofern es sich dabei nicht um ein wirklich erbärmliches Dasein drehte- genoss. Anscheinend nahm auch sie die Unterhaltung mit seiner strahlkraftlosen Wenigkeit nicht ernst. Auch jetzt, wo er immer mürrischer, immer frustrierter wurde half er sich mit dem bösen Verdacht.

Die Damen spielten, spielten mit ihm, probierten sich aus. Wurden schmallippig oder machten rucki zucki die Schotten dicht, nachdem sie sich sein Bild angetan hatten: Der unfreundlich dreinschauende, eindeutig zu jung aussehende Mann, mit dem gewissen Nichts, gewandet in einen abgetragenen Sakko, des am Krebsleiden zeitig verstorbenen Papas blauweiße Krawatte um den schlaksigen Hals verknotet. Es gefiel ihm. Richtig gut gefiel es ihm. Weil *er* sich zur Abwechslung gefiel. Obgleich er, nach einem weiteren der fruchtlosen Vorstellungsgespräche, angespannt und genervt in die Handykamera geschaut hatte. Nicht wie all die Gutwettergesichter. Überwinden hatte er sich müssen ein Foto in sein Profil einzustellen. Jetzt blieb es drinnen.

Doch manchmal verhielt es sich auch umgekehrt. Dann lag die Möglichkeit eine der Damen abzulehnen bei ihm. Henner tats nicht oft. Am wenigsten bei den unterwürfigen Tussen, bei denen selbst er zum Zuge kam. Nur weil ihre Dauergespönste beim Radieschen gießen weder Dreh noch den passenden Tonfall fanden.

Sie: Dürfen deine Gäste mich auch hart benutzen?
Er: Wie kommst du denn darauf, dass ich Gäste habe?
Sie: Fantasie ...

new_years_darling, bullerbuessecret, comtesse, mamma_allein_daheim oder wie sie sich alle nannten; keine der von Henner, im Laufe von hauptsächlich langen Wintermonaten, hartnäckig Angeflüsterten fehlte heute. Am Ruhetag des Herrn, wenn selbst die am glücklichsten vergebene Prachtfrau von Lethargie und Langeweile eingefangen wurde, verfügten sie plötzlich über alle Zeit der Welt. Waren richtig versessen auf Zerstreuung, auf ein gelindes Techtelmechtel. Besoffen sich am eigenen Reiz, am schnellen klick und weg bist du armseliger Wicht. Alle liebten sie ihre Katalogmänner, diese Adonisse von herkulischer Gestalt, die sie längst gefunden hatten. Ja ei wie groß und trocken waren doch die Tücher ihrer glücklichen Verbandelung.

25

Warum sie ihre wertvolle Zeit trotzdem im räudigen Chat verbrachten? Weshalb sie taten, was sie taten? Weil die perversen Idiotinnen sich nach Strich und Faden belogen! Sie widerten ihn an. Alleine die Unverschämtheit Bedingungen zu diktieren, sich plumpe Anmachen zu verbieten. Genau darauf spekulierten sie doch. Weil es ihn aber mehr und mehr aufzuregen drohte hatte er neulich in sein Profil geschrieben:

Wenn hier jemand aus der Riege der holden Damenwelt meint außen vor lassen zu können, dass am Ende der Leitung ein Mensch sitzt, ein Mensch den man auch hier kränken kann, soll die Betreffende doch besser die neuesten Spinatpreise posten, als wildfremde Menschen zum Notstopfen zu degradieren.

Nur vorstellen brauchte er sich die pikierten, beleidigten, verwunderten Weibsgesichter, wenn sie es lasen.

Schnullerbacke aber war anders …

Schnullerbacke fehlte …

Henner rüttelte am dicken Monitor herum. Augenblicklich beruhigte sich das flackernde Bild. Lange würde die Kiste, die viel zu viel Strom verbrauchte, nicht mehr durchhalten. Sein Notebook aber wollte er schonen.

Unsägliches Nichtspassieren!

Selbst das Gebabbel über ihm, die manchmal recht aufgeheizten ehelichen Gespräche vermisste er.

Die Streitereien zwischen Jörn und Matze, Gerlachs pubertierenden Jungs, die sich untereinander seit Längerem nicht sonderlich vertrugen. Alles das waren doch schließlich Lebenszeichen. Wenngleich Zeichen eines Lebens, das für jemand wie ihn bestenfalls noch die Außenansicht parat hielt. Eine scharfe, durchdringende Ansicht.

Den knurrenden Magen im Kreise reibend las er abermals die in der Zwischenzeit noch mehr gewordenen Namen, wobei er einen jeden mit dem Mauszeiger überstrich. Als könne er ihren dadurch hervorzaubern, sie wissen lassen, wie sehr er nach ihr sucht, wie beschissen ihm jetzt zumute ist.

Sogar das schweinige fluffgirl, seit eben eingeloggt, würde diesmal von ihm verschont bleiben. Immer war sie nachher gleich verschwunden. Und er? Hatte sich noch gesorgt, ob sie beim explodierenden Gefühle mit dem Stuhl umgekippt und sich den Hals gebrochen hatte.

Dreck ...! Kein anderes Wort viel ihm ein. *Dreck ...!*

Kapitel 5

Jette Oesting hat sich ein Herz gefasst

Bedächtig nippte sie an ihrem Vanilletee, wobei sie die heiße, kostbar aussehende Tasse mit beiden Händen vorsichtig umfasste. Die Käsesahnetorte, mit den knusprigen Schokoladenstreuseln obendrauf: sie

27

drückte. Dabei hatte es doch bei einem Stück bleiben sollen. Auf ein zweites aber hatte dieser Herr Bertram mit höflichem, unwiderstehlichem Nachdruck bestanden. Wie auch auf ihre Anwesenheit, in diesem unheimlich geräuscharmen Hause, in dem jeder der nicht übermäßig gesprochenen Sätze umso schwerer wog.

Ihr auberginefarbener, von Freya großzügig gesponsorter Twingo stand auf dem Fährdammer Parkplatz. Mit dem ausgelutschten Miniauto kess hier vorzufahren; da hatte sie sich aber schnell anders entschieden. Hoffentlich meckerte er nicht, wie es alte Leute halt taten. Einen Grund würde sie nämlich nicht nennen können, nicht nennen wollen. Es gab aber einen. Sogar mehr als einen. Auch dafür ihres sonderbaren Kirchenfreundes freundliche Einladung einfach anzunehmen. Ohne vorher ein inneres Palaver abzuhalten.

Wie selbstsicher und sympathisch er sie angesprochen hatte ...

Womöglich wegen des fast halbstündigen Fußweges zum Jakobinerweg 12 hatte Jette die Aufregung alsbald verlassen, die Angst vorm Immergleichen. Als wäre sie beruflich nicht täglich mit Leuten befasst. Auch mit solchen die im Umgang ungemein schwierig waren, die eines besonderen in den Arsch kriechens bedurften.

Mit aller nur erdenklichen Vorsicht stellte sie die Tasse auf den zu kleinen Korkuntersetzer, drehte den fesch gewellten, in aller Eile noch gewaschenen Rotschopf zögernd zum hohen, von wunderlichem Grünzeug umrankten Erkerfenster. So wunderschön idyllisch blitzte das sich fein kräuselnde Wasser unter dem orangegelb glühenden Rund, der hinter schemenhaften Wolken sinkenden Abendsonne. Ein paar schnittige Boote schwammen noch umher, drehten unvermittelt ab. Sogar die flatternden Segel meinte sie zu hören. Als säße sie noch auf der Sandbank fest, um die herum sich die Freizeitkapitäne, mit samt ihren spärlich bekleideten Konkubinen, getummelt hatten. An jedem langweiligen Tag ein neues Postkartenmotiv, das anzusehen für andere langes sparen bedeutete. Ihr schaurig schönes Paradies, in dem sie die überall lauernden Ausblicke, besonders in den letzten Monaten vor ihrem Weggang, nur noch schwerlich hatte ertragen. Nichts brachte ihr eine romantische Kulisse, wenn sie durch die ihr peinliches Manko umso stärker empfand.

»Stört es sie, wenn ich ab und zu nach draußen schaue?«, fragte sie abwesend.

Ohne seine Erwiderung abzuwarten, wandte sie sich abrupt wieder diesem Herrn Bertram zu, dessen fein geschnittenes, braunes Agentengesicht sie mehr und mehr verwirrte. Ausgezeichnet stand dem so gepflegten Herrn das hellblaue Metzgerhemd, mit dem gestärkten Kragen. Neben all dem anderen viel der angehenden Hotelfachfrau auch das auf. Jette Oesting nämlich schätzte Stil. Den für sich selbst zu verwirklichen fehlten ihr allerdings die Mittel.

»Was reden sie denn da?! Ich weiß genau, wie ihnen jetzt zumute ist«, echauffierte sich der alte Bertram, in künstlicher Einfalt. »Manchmal schaue ich stundenlang nach draußen. Wir Alten sind da komisch.« Er stockte. Dann blickte auch er zum da draußen vor sich gehenden. Sowenig er auch von dem mitbekam. Noch reizvoller erschien ihm seine junge Besucherin nämlich, wenn er sie von der Seite betrachtete. Kein Ende nahm es, mit dem Wohlgefallen. Die weiße Rüschbluse, über dem braungrün karierten Rock. Die blank gewienerten Lederstiefel. Er kannte doch die gelungene Form ihrer Beine, die sie womöglich deshalb so sorgfältig verbarg. »Seit meine Frau von mir gegangen ist ... Ich dachte ...«

Wegen der holden Frau Gemahlin werde ich wahrscheinlich auch hier sitzen, kam es Jette verärgert in den plötzlich geschärften Sinn. Doch jetzt lief es auf eine andere Art schief. Auf eine bessere.

»Was dachten sie ...?«

»Ich dachte ...« Herr Bertram spielte den Zerknirschten. »Ich hatte ihnen ja nach der Messe heute davon erzählt. Ich dachte ... ich wollte sie nicht vor den ...«

»Hatten sie früher viel Sex mit ihrer ...?« Jette biss sich auf die Lippen. Blut und Hitze schoss in ihr empor. Sie sprang auf, viel zu schnell sprang sie von seinem verfluchten, liebevoll gedeckten Biedermeiertisch auf. »Vielen Dank für die freundliche Einladung ...«, stieß sie in beinahe tonloser Bitterkeit hervor. » ... es war sehr ... bleiben sie bitte sitzen ... ich finde allein nach draußen...«

Im Bruchteil einer Sekunde das auslaufende Milchkännchen aufgestellt stand jetzt auch Herr Bertram, auf seinen sonst noch so kräftigen Beinen. » ...bitte Jette ... es ist doch überhaupt nichts passiert ... die Frage muss ihnen doch nicht peinlich ... sie sind ein junger ... setzen sie sich doch wieder... es gibt keinen Anlass um ...«

»Ich bin fast fünfundzwanzig ...!«, rief sie ihm nun vollends verzweifelt dazwischen. Ihre Mundwinkel zuckten. Dann schaltete sie in den nächsten Gang. »F-ü-n-f-u-n-d-z-w-a-n-z-i-g Jahre, verstehen sie das?!« Sie verbarg das heiße Gesicht hinter ihren Händen, an denen es am linken Zeigefinger nur einen unscheinbaren Ring aus Plastik gab. Den wertlosen Nippes anzustecken hatte sie sich erst hier in Hamburg getraut. »Eigentlich sollte man in dem Alter doch meinen, dass ...«

»Im Vergleich zu mir sind sie unbestreitbar ein junger Mensch«, widersprach Herr Bertram begütigend, noch bevor sie zusende gesprochen hatte, und was großartig anderes wäre ihm auch nicht eingefallen. Demonstrativ setzte er sich wieder hin. Butterweich waren die Knie, in der dunklen Businesshose. Doch äußerlich blieb er gefasst. Ganz der souveräne ältere Herr, mit all seiner Lebenserfahrung und Weisheit.

»Tut mir leid wegen der Schweinerei, die ich angerichtet habe ...« Jette, der es noch viel mehr leid tat, wie sehr doch bei ihr in jeder Kleinigkeit eine große Tragödie steckte, dass ein unbedachter Satz aus ihrem oder anderer Leute Mund genügte damit es wieder los ging, ließ sich zurück auf ihren üppig gepolsterten Stuhl sinken. Bertrams Vergleich missfiel ihr. Leicht zitterte ihre Hand, als sie versuchte die Falten des mit aufwändigen Stickereien verzierten Tuchs glattzustreichen, was nicht gelang, weil sie mehr schlug als strich. Selbst im Kellers fand sich diese Qualität nicht, wie ihr trotz allem auffiel. »Wenn sie

31

wollen nehme ich die Tischdecke jetzt mit und wasche sie bei mir zuhause ...«

»Haben sie sich soweit wieder beruhigt?«, erkundigte sich Herr Bertram, mit klein gewordenem Stimmchen, ohne sie anzusehen. Bis eben nur Belanglosigkeiten, gekünsteltes Geschwätz, ausgetauschte Höflichkeiten. Die nervigen Rabatten, die er verwildern ließ. Sein überflüssig geräumiges Auto, welches er endlich -seinetwegen auch mit erheblichem Verlust- verkaufen sollte, die selbst im Hochsommer kalte Kirche, die wahrscheinlich im Umkreis von zehn Kilometern noch zu sehen war. »Selbstverständlich nehmen sie das Tischtuch nicht mit. Das erlaube ich nicht. Das ganze Schränkchen da hinten, neben dem Fernseher, ist voll davon. Als meine Frau noch … Verzeihen sie, ich wollte nicht schon wieder davon anfangen.«

Keck verschränkte Jette die Arme.

»Mein lächerlicher Auftritt hat ihnen noch gefallen, was?!«, blitze sie ihn, von allem Peinlichkeitsempfinden plötzlich so wunderbar befreit, schelmisch an, nicht ahnend wie absolut richtig sie damit lag.

»Sie fragen sich wahrscheinlich, wie man heutzutage noch beichten gehen kann.« Als wäre Wein darin, wiegte Herr Bertram das Glas Apfelschorle in seiner Hand. Noch ein Stück näher, rückte er an sie heran. »Entschuldigung …« Beinahe unbemerkt reichte sein Arm über ihren Schoß hinweg zum Kordel der altmodischen, von einem gewaltigen Schirm umfassten Stehlampe. »Ich glaube, die machen wir jetzt besser an. Für uns sogenannte Oldies ist die Dunkelheit irgendwie … irgendwie bedrohlich.«

»Hören sie, mich geht es absolut nichts an, wenn sie dem Prälaten, oder wie man das nennt, ihre Sünden erzählen.« Jette, die lange gebraucht hatte um in einem dunklen Zimmer einschlafen zu können, verstand. Sich unangenehm an die vor ihr liegende Nacht erinnernd, unterdrückte sie ein Gähnen. »Sie müssen sich nicht rechtfertigen.« Mit einem hintergründigen, verschmitzten Lächeln setzte sie hinzu: »Sie haben doch sowieso noch nie gesündigt ...«

»Herr Spätling ist kein Prälat, sondern ordentlich geweihter Priester ...« Voller Milde, mit wehendem Herzen, kam seine hauchdünne Belehrung daher. Wie wenig es sie interessieren musste. Beim Marjellchen hatte sich alles Gerede wie von selbst ergeben. Keine Minute Krampf, um einen gemeinsamen Nenner.

»Meinetwegen, dann ist er halt Priester«, erwiderte Jette. Rasch rückte sie in den satten Polstern wieder ein Stück nach oben. »Ich jedenfalls setze mich nicht in so eine Besenkammer.« Einigermaßen gekünstelt gaggerte sie vor sich hin. Ohnehin passte ihre Miene nicht zum Gesagten. Auch nicht als sie hinzusetzte: »In den Dingern bekommt man doch Platzangst. Wahrscheinlich müffelt es da auch noch. Wird so ein Beichtstuhl eigentlich auch mal gesäubert?«

»Das kann ich ihnen nicht sagen, aber ich gehe davon aus.«

»Ist ja auch egal«, entschied sie. Zickig hörte es sich an, aber warum musste er auch ausgerechnet davon anfangen?

»Ich weiß, sie werden das vermutlich anders sehen. Weil sie jung sind und das Leben noch vor sich haben … » -Herr Bertram, dessen von ihm selbst als abgedroschen empfundenen Worte sich auf einem einzigen Ton zubewegten, stellte seine Apfelschorle ab. Er faltete die Hände, rieb sinnend die Daumen gegeneinander. Dann lächelte er. - » … aber ich für meinen Teil bin froh, dass es diese Einrichtung immer noch gibt. Wenn auch eher alte Knacker wie ich sich da die Seele vom Leib reden.« Wie in Zeitlupe wandte er sich in ihre Richtung, ganz darauf bedacht sie möge ihm, was den alten Knacker anbelangte, energisch widersprechen. Sie musste es ja nicht so meinen. Er war ja auch alt.

… oder reden müssen …, dachte Jette stattdessen, während sie auf die schieferne Wanduhr blickte. Das Teil gefiel ihr. Punkt zweiundzwanzig Uhr fing ihre Schicht an. Aufgeschreckt schnüffelte sie am Ärmel ihrer Bluse, die privat aufzutragen ihr vom alten Kellers strikt untersagt worden war. Es scherte sie nicht.

»Herr Be ...«

»Wollen sie mich nicht Jost nennen ...?« Einen fast flehentlichen Ausdruck nahm er an. Jetzt, wo es allmählich leichter, ja richtiggehend ungezwungen wurde wollte sie gehen.

»Meinetwegen … Aber jetzt muss ich echt los -Jost ...«, beeilte sie sich, seinen Namen vorsichtig betonend, klarzustellen. »Gleich fängt meine Arbeit an. Eigentlich hätte ich heute Nachmittag pennen sollen.«

Die Botschaft war bei Herrn Bertram, dem es auf der Zunge lag sich endlich nach den genaueren Umständen ihrer Arbeit im Hotel zu erkundigen, angekommen. Stumm nickend, den Mund verzogen erhob er sich, schnappte sich die beiden Gläser und verschwand in der Küche, wo er derart überhastet die Spülmaschine befüllte, dass es nur so klirrte.

»Ich kann das sehr gut nachvollziehen ...«, vernahm sie ihn. »Seine Existenz zu bestreiten ist wichtig und Unpünktlichkeit macht keinen guten Eindruck. Auch nicht auf sich selbst. Machen sie sich bitte keine Sorgen. Ich bin froh über ihr Erscheinen. Für uns Senioren ist ein so charmanter Besuch alles andere als selbstverständlich.«

Das nahm ihm Jette sogar ab.

Kapitel 6

An der Rezeption

Gegen Mitternacht waren auch die sechs Japaner noch eingetrudelt, auf die anderntags ein international besetztes Onkologen Symposium wartete. Allesamt in schicken, wenngleich zerknitterten Zwirn gehüllt, rumpelnde Rollkoffer über den blitzblanken Boden ziehend. Bedauerlicherweise aber nicht hochgewachsen genug, für einen Ehrenplatz in Jette Oestings doch sehr speziellen Vorstellungen, von denen ihr Bewusstsein zu reinigen ihr anscheinend nur eine Möglichkeit blieb. An der aber schied sich ihr Geist immer seltener. Auch wenn ihr der Kuchen des Herrn Bertram -wie alles drumherum- Bauchschmerzen bereitet hatte. Die Aussicht bei ihm etwas zu erleben tat es nicht.

Bei einem der in Gesundheitsfragen kundigen Herren hätte sie prompt über die fehlenden Zentimeter hinweggesehen. Weil er nicht so bierselig herübergekommen war, anscheinend auch nicht recht bei die anderen zu gehören schien. Beinahe schüchtern hatte Dr. Yoshiyuki Yamamoto Jette in fließendem, wenngleich nicht unbedingt akzentfreiem Englisch nach ihrem Namen (den anzustecken sie sich nachts meistens schenkt) und weiterem gefragt. Nicht minder schüchtern waren ihre Antworten ausgefallen. Der kleine Flirt; er war einfach nicht in Gang gekommen. Vergeblich hatte sie es noch durch schnelleres reden zu retten versucht. Immerhin stimmte mehreren, für sie kaum bezahlbaren Onlinekursen sei Dank das Umgangsenglische mittlerweile. Wenn auch das Niveau kein hohes war.

So ein bisschen am Herrn Dr. Yamamoto überlegend dämmerte es Jette Oesting allmählich, wie leichtsinnig sie sich heute verhalten hatte. Sie hätte Kika informieren, ihr Herrn Bertrams Anschrift geben sollen. Der Freundin ständiges, richtiggehend eifersüchtiges »Leg es nicht drauf an ...«. Nicht alles was fehlte ließ sich durch Gewöhnung oder billige Ersatzbefriedigungen besiegen. Lange genug hatte sie es probiert.

Nein, die herumlaufenden Hunde würden ihn nicht sonderlich stören. Manchmal ergäbe sich sogar ein unverbindliches Gespräch, mit dem Besitzer. Einer von denen sei ungefähr in seinem Alter. Ja, so gerne würde er einmal mit ihr quer über die Wiesen zum Cliff schlendern. Vorzüglichen Käsekuchen gäbe es dort, mit dem er nicht konkurrieren könne und hoffentlich hätte ihr seiner trotzdem tüchtig geschmeckt (»Jost, wirklich, wirklich sehr, sehr lecker ...«). Ob für ein drittes Stück kein Platz mehr gewesen sei? Jemand wie sie -und da hatte er so richtig lüstern drein geschaut- müsse doch nicht auf die Figur achten (»Doch, doch, manchmal muss ich schon darauf achten ...«). Wie schnell sich der Knilch wieder im Griff und seinen eingeschnappten Tonfall gegen einen besonders freundlichen ausgetauscht hatte.

»Kannst ja gerne zum Cliff gehen, du geiler, alter Bock...«, murmelte sie, die ihre Müdigkeit immer besser im Griff hatte und sich bereits den dritten Espresso genehmigte. Auch für den hatte sie keinen Cent, in die eh fast volle Kaffeedose geworfen. Je näher das Ende der Ausbildung rückte desto mehr Freiheiten nahm sie sich heraus. Nicht zuletzt in der Sprache, in die längst eine deftige, wenngleich nur im Geheimen erklingende Note Einzug gehalten hatte. Das mit dem geilen, alten Bock meinte sie aber nicht so.

Jette Oesting fühlte sich wohl. So wohl, wie seit Langem nicht mehr.

Besonders nachts, wenn die Deckenstrahler herunter gedimmt und lediglich das Gebläse über der breiten Glasschiebetüre zu hören war, verspürte sie zudem eine recht eigentümliche Sicherheit, aus der heraus sie in fast meditativer Versunkenheit alle Nase lang zur beleuchteten Promenade, mit ihren aneinandergereihten Kugellampen, die im Sommer um Punkt fünf Uhr erloschen, hinausschaute. Eine Stunde lag dann noch vor ihr, bis sie entweder von Verena oder Sally abgelöst wurde. Ihr Bett und seine Wärme freudig erwartend, war das die schönste Zeit für sie.

Ein Übriges zum Sicherheitsgefühle der Jette Oesting tat der rote Knopf hinter dem Flachbildschirm. Den sahen die sich ein- oder auscheckenden Gäste nur, wenn sie sich absichtlich weit über die Ablage der halbkreisförmigen Rezeption beugten. Von einem der netten Polizisten abgesehen, die manchmal gegen Morgen hereingeschneit kamen, um nachzuhorchen, ob alles in Ordnung und die Nacht ohne besondere Vorkommnisse gewesen sei, hatte das bis jetzt noch niemand gewagt. Neulich aber, der in seiner feschen, so viel Verlässlichkeit ausstrahlenden Uniform hatte es gedurft. Gerne wäre sie ihm nähergekommen.

Der Alarmknopf funktionierte wieder. Was Freyas Verdienst war, deren unverschämter Anruf bei der Hotelleitung sie beinahe den Job gekostet hätte. Dass sie sich für die rüden Ausfälle ihrer Ziehmama einmal würde entschuldigen müssen. Nichts erzählen konnte man ihr. Immerhin: Auch an dieser Stelle machte sich ihre Verpflanzung in die große Elbestadt allmählich bemerkbar, in der sich hier und da sogar eine kleine Euphorieperle fand. Die Perle heute war recht groß gewesen. Und sie wirkte immer noch.

Ja, ja die Hosen heruntergelassen hatte sie vor diesem Jost Bertram, sich zum armen, bemitleidenswerten Tropf gemacht. Doch besser das als überhaupt

38

nichts. Besser bei diesem, an was auch immer leiden-
den Pensionär.

Mit einem Schlag wacher geworden starrte
Jette den Bildschirm an, auf dem sie ein dottergelbes
Fensterchen informierte:

*Dein Freund Smo hat dir eine Privatnach-
richt geschickt. Möchtest du die private Nachricht
jetzt lesen?*

Vor lauter überlegen am alten Bertram und
seinen und ihren Merkwürdigkeiten hatte sie den
Chat, in dem sie bereits seit mehr als zwei Stunden
eingeloggt war, vergessen. Lose die Maus gepackt,
den Atem kurz angehalten, klickte sie auf JA. Erst
halb eins zeigte die winzige Uhr des Computers. Noch
lange würde die Nacht werden.

*Smo: Ich wollte nur fragen: Der hat echt
während des Gottesdienstes seine Griffel auf deinen
Oberschenkel gelegt? Ganz schön dreist!*

Jette verzog das Gesicht. Auch wenn sie ihm
nicht zustimmte. Selbst heute, in Herrn Bertrams ge-
schmackvoll eingerichtetem Haus, hatte sie kein Sterbenswörtchen über den Vorfall verloren. Schließlich
bestand ihr Leben nicht nur aus dieser Prachtabsteige,
in dem der Preis für eine Nacht im günstigsten Zimmer ungefähr ihrem Wochenlohn entsprach. Leben
war auch anderes.

Ihre Finger flogen über die Tastatur.

Schnullerbacke: Hat er, ja, habe ich doch schon vor einer Woche erzählt! Vom Hallo sagen hältst du wohl auch nichts, was?! Scheint wohl dein Lieblingsthema zu sein.

Die Einfachheit dessen, was sie regelmäßig aus weit mehr als schierer Gewöhnung heraus tat erschreckte sie. Am liebsten würde sie nur lesen und dabei gleich beide Hände an sich legen, es endlich auch hier zum Abschluss bringen. Die Möglichkeit eines unvermittelt auftauchenden Gastes war es nicht. Sie mochte hin und wieder gestört sein, aber ...

Smo: Sorry, ja, hast du erzählt. War mir gerade wieder eingefallen. Aber warum trägst du in der Kirche eine kurze Hose? Da ist man doch eher keusch. Ich gehe jede Wette ein, du hast tolle Beine. :-)

Sie grinste schief, während sie Wasser in ihren eigenen Wein goss, dass der zu einer dicken Lüge wurde.

Schnullerbacke: Meine Beine sind echt nix besonderes.

Kaum war der Satz abgeschickt kam auch schon die Reaktion durch den Äther geweht:

Smo: Das wird der alte Mann anders sehen ... Ich mein, ich kenne ja dein Profilpic ...

Worauf sie kokett und leicht errötet (eine Röte, die ihr in diesem Moment nicht das geringste ausmachte) schrieb:

Schnullerbacke: Was siehst du denn, auf dem Bild?
Smo: eine tolle Frau, mit unglaublich geilen Beinen. Aber warum hast du die Aufnahme so komisch weiß gemacht? Hast du das nötig? Bist doch eine verdammt gutaussehende Frau.

Noch jemand, der sich über ihr Bild mokierte. Machte dieser Smo so weiter würde sie ihn rausschmeißen, die Verbindung trennen. Mit ein wenig Groll dachte sie an Kika, von der sie seinerzeit, im morgens noch leeren Gemeinschaftssaal der Schwestern des heiligen Bernadetto, in ihrer knallroten Shorts überfallartig fotografiert worden war. Und Kika Sonneberg, die fast fertig ausgebildeten Fachinformatikerin, war es auch die ihr den Ratschlag gegeben hatte das Chatbild nachzubearbeiten. Das Chatgespräche aufgezeichnet werden, die Behörden bei Bedarf sogar Einblicke in die Protokolle nehmen dürften; auch das hatte ihr Kika, in einiger Breite, gesteckt. Aber sie tat doch nichts Verbotenes, gab keiner frechen Nase hier Anlass mehr als pure Laberei zu erwarten. Nein, selbst hier tat sie nichts Verbotenes. Leider tat sie nichts Verbotenes, die liebe, aus Freyas entzückender Ponywelt stammende Jette. Es kotzte sie an! Auch dann noch kotzte es sie an, als sie ihre linke Hand sachte hinter ihre Hose schob.

Kapitel 7

Der Kreiskämmerer a.D.

Eine Kapsel nach der anderen landete im grau trüben Nass, von dem seine abgetragenen Wattbuschen sanft umspült wurden. Jost Bertram nahm die Angelegenheit pragmatisch. Hier, im leise vor sich hin plätschernden See, wurde sicher so manches entsorgt. Doch weiter nach vorne traute er sich nicht. Ein qualvoller Tod musste der durch Ersaufen sein. Seit Kindestagen hatten sich seine Schwimmkünste in Grenzen gehalten. Nicht die Spur eines Anstoßes hatte sein Marjellchen -die Wasserratte- daran genommen.

Nur Ohlsdorfer Asche war von ihr geblieben. Ein imprägniertes, ins Gras gestecktes Kreuz. Keine Umrandung, immerhin aber ein paar Blümchen, die er alle drei Monate erneuerte. Nur wenige Meter entfernt von einem der mächtigen, von hohen Tannen und verwitterten Engeln aus Stein bewachten Patengräber, irgendeiner reichen Kaufmannsfamilie. Sie selbst waren auch nicht arm gewesen. Selbst in jungen Jahren und kaum verheiratet waren sie es nicht gewesen. Dafür hatte Marjellchen zu viel geldwerte Mittel mit in die Ehe gebracht. Womit er, dem althergebrachte Vorstellungen nicht fremd waren, nicht immer zurechtgekommen war. Doch so und nicht anders gewünscht

42

hatte sie sich ihre Ruhestätte. Bescheiden bis in den Tod, den damals nur eine schlichte, von jeglicher Salbaderei freie Zeitungsanzeige verkündet hatte.

Herr Bertram blickte sich um. Weit genug entfernt hielten sich die Stöckchen werfenden Hundebesitzer, mit ihrem lächerlichen »Such ...!« und »Komm ...!«, auf, die ihn allein deshalb für einen Eigenbrötler hielten, weil er zu den wenigen hier in der Gegend zählte die sich den Bello schenkten. Es genügte wenn er litt wie einer -und es schnellstens abzustellen gedachte. So oft hatte er sich selbst versenkt.

Kein Merzophan mehr!

Morgen, um ungefähr diese Zeit, würde er wieder hier sein. Dann kam das Revos an die Reihe. Niemand von den geleckten Haien der Pharmazie sollte mehr an ihm verdienen, wie sich die Dreckssäcke am Marjellchen dumm und dusselig verdient hatten. Vollkommen überflüssig waren doch die herbei geschluckten, lichteren Momente, wenn er sie vor lauter Schläfrigkeit verpennte. Wenn er kaum aus dem Bett kam. Auch ohne die chemischen Aufheller tat sich doch etwas, trat die mitunter entsetzliche Trägheit immer seltener auf. Seinen Bammel, vor dem nächsten Winter, schmälerte es nicht.

Zunächst aber lagen die Dinge anders, so wunderbar, großartig anders, dass er auch noch das leere Röhrchen ins Wasser warf. Irgendwo machte es leise platsch, doch das so oft wie betäubt wirkende Gesicht schmerzhaft verzogen kam er sich nur kurz wie ein alter, kauziger Narr vor.

… der hat schließlich auch noch Wünsche, bevor einen die Würmer fressen, schoss es ihm rührend bockig in den Schädel.

Auch die Universität wollte er künftig meiden. Wo er, bevorzugt an sommerlichen Tagen wie dem Zurückliegenden, Kaffee und mehr oder weniger schmackhaften Käsekuchen vor sich, hinter seiner Morgenpost verschanzt im weiträumigen Ars Modi abhing. Wo er den einfältig schnatternden, bestens gelaunten, redlich um Scheine und überdurchschnittlichen Zensuren bemühten Hochschulgrazien, über die Gazette hinweg, auf die gebräunten, in besten Anstandsabsichten blank gezogenen Beine starrte. Nicht eines würde jemals auf seiner Schulter liegen. Für derlei genügten seine Kräfte aber noch. Erst recht die in den Armen.

Treue Männerarme, die sein Marjellchen -Gott musste es einfach selig haben- jahrelang geschoben und gehoben hatten. Ein Haufen wabbeliges, gelblich gewordenes, verlotterndes Fleisch, in dem sich zuletzt der Mund, zwischen den tief gewordenen Wangenhöhlen, nicht mehr schließen, sich der zähe Speichel nicht mehr richtig abschlucken ließ. Täglich dasselbe Elend. Mit jedem dahin kriechenden Jahr, in dem der vom Teufel verbrannte Leib der Sensenmann nicht holen mochte, hatte sich der Stumpfsinn weiter in ihn gefressen, dass am Ende nicht sie von allem Leid zu befreien sei sondern er.

…wundert sie denn ihre Erschöpfung Dr. Bertram …? Machen sich ruhig die großartige Leistung klar, die sie vollbracht haben. Organisch sind sie

erstaunlich gesund. Glaube ich zumindest. Fangen sie
endlich wieder an zu leben!

Die Erschöpfung wunderte den Dr. Bertram
nicht. Überhaupt nicht wunderte ihn seine Erschöpfung, die ihn an manchen Tagen wie eine Hülle umher
geistern ließ. Die fehlende Scham, gegenüber dem zu-
nehmenden Gefühl der Befreiung; *das* wunderte und
machte ihn traurig.

... sie verraten niemanden. Am allerwenigs-
ten ihre Frau. Es gibt nämlich einen Unterschied zwi-
schen Aufopferung und sich opfern. Marjelle ist tot -
man könnte auch sagen erlöst- und niemand hätte sie
länger am Leben halten können als sie. Keine Ärzte,
keine Pfleger.

Auch da stimmte er der Marquardt bereitwillig zu, deren professionelle Distanz ihn seltsam provo-
zierte. Niemals würde es die Dame, mit ihrem strengen Gouvernantengsicht, den biederen, geschmacklosen Hosenanzügen, aufs Titelblatt der Medical Re-
view schaffen, von denen sich einunddreißig Ausga-
ben, in seinem verwaisten Arbeitszimmer, türmten.
Einunddreißig Variationen ein und derselben Hilflo-
sigkeit. Jede Menge aufgeschäumtes Wissen aber
nicht die kleinste Aussicht auf Heilung, für sein armes
Marjellchen.

Wie aber der derart ausgelaugte, des Familiären wegen vorzeitig außer Dienst gestellte Kreiskämmerer da so halb im dahinplätschernden Wasser stand,
von der hereinbrechenden Dunkelheit mehr und mehr

45

umfangen, wie sich die abendliche Stille über der Alster wieder bleischwer auf ihn legte, als wäre das zuckersüße, mit so wunderbaren Formen ausgestattete Kind vor kurzem nicht bei ihm daheim gewesen, ja, da ermahnte er sich diese Türe doch besser aufzubehalten. Ein kurzer Anruf genügte und er bekam seine sechzig Minuten, wo nur fünfundvierzig abgerechnet wurden. Sechzig Minuten, in denen sie voll und ganz bei ihm und seinem Marjellchen war. In denen sie das Telefon stumm schaltete, ohne von ihm dasselbe zu erwarten. Er fragte nicht, ob sie das bei den anderen auch so hielt. Auch den Gedanken, sie übt ja doch nur ihren Beruf aus, vermied er. Gerade den vermied er. Nicht eine Sitzung hatte er ausfallen lassen. Nicht eine.

Bis heute …

Kapitel 8

Die Versammlung der Insulaner

Dermaßen die Schnauze voll hatten sie von der neureichen Mischpoke, deren sogenannte Visionen immer beknackter wurden. Vor vier Jahren hatte es ein Kurhaus im Kaiserstil werden sollen, was es wegen des sandigen Untergrunds dann doch nicht geworden war. Etwas kleineres, leichteres hatte der niederländische Investor nicht akzeptieren wollen, weshalb er sein freundliches Angebot, kurz nachdem das Gutachten vorgestellt worden war, zurückgezogen

hatte. Nicht viel anders war es dem riesigen Hallen-
bad, mit seinen sechzehn künstlichen Thermen, ergan-
gen. Jetzt also ein Eisenbahndamm, dreimal so lang
wie der der Sylt mit dem Festland verband, noch dazu
mit gleich zwei Schienensträngen. Nur sie selbst aber
führten auf Gressiel Veränderungen herbei, für die
nicht der geringste Anlass bestand. Es war nämlich alles so, wie es sein sollte.

Genau aus diesem unumstößlichen Wissen
heraus hockten sie, einige Hochprozentige und reichlich Wut in den mitunter recht dicken Bäuchen, dicht-
gedrängt zusammen, schimpften wie die Rohrspatzen,
fluchten derbe und laut, wobei sie sich an überhaupt
nichts von dem hielten, was gemeinhin als Basis einer
vernünftigen Aussprache galt.

Mit einer Wucht die sie selbst erschreckte,
knallte Freya ihren Regenschirm auf den Tisch. Ihr
knallroter, aus einer gänzlich anderen Zeit stammen-
der Schirm hielt es aus. Der massive Tisch, von denen
sie zwei nebeneinandergestellt hatten, sowieso. Wie
eine Horde um ihre Heuer gebrachte Walfänger kamen ihr die Krawallos vor. Obgleich sie den Aufruhr
verstand. Würde ein Eisenbahndamm tatsächlich gebaut und selbst in den eher ungemütlichen Herbst-
monaten alles von erholungssüchtigen Landeiern
überschwemmt; von Gressiel blieben nur noch die
Umrisse.

»Könnt ihr gefälligst mal die Schnüss
halten?!«, raunzte sie, über dreizehn Stuhlreihen hinweg. Hinter ihrer Schläfe pochte es. Im Dreivierteltakt
knallte ihr Knirps herunter, bis auch der letzte der lär-
menden Münder endlich verstummte. Glasige, über-

reizte Augen stierten sie an. So kannten sie Freya Oesting. »…, wenn es zu irgendwelchen Vorverhandlungen kommen sollte, ich betone: k o m m e n s o l l t e, werden die sowieso nicht von mir sondern vom Bürgermeister hier neben mir geführt. Ist das soweit klar?« Nein, war es nicht, wie ihr ein prüfender Blick auf die Anwesenden verriet. Sich noch weiter zur Sachlichkeit heruntergeschraubt, fügte sie hinzu: »Es gibt kein Planfeststellungsverfahren, keine geologischen Gutachten. Es gibt nur den scheiß Bericht in der Zeitung.« Und als würden sie den nicht mittlerweile alle kennen hielt sie die herausgenommene Seite, auf der sie den betreffenden Text mit einem roten Marker umrahmt hatte, demonstrativ in die Höhe.

»Wir wollen aber keine Verhandlungen, Frau Oesting …«, schallte es vom Ende des Raumes süffisant herüber.

Freya sprang auf.

»Was du willst, Pietjes Hinnerksen …« -wie ein Pistolenlauf zeigte ihr langer Finger, über die emporgestreckten Häupter hinweg, auf ihn-»… und was du bekommst sind auch in deinem Falle zwei Paar Schuhe.« Ein gemeines Lächeln verformte ihren dezent veredelten Mund. »Ich finde es aber ausgesprochen sympathisch, von dir plötzlich mit Nachnamen angeredet zu werden. Hast scheinbar in deinen alten Tagen noch zu Manieren und Anstand gefunden. Wer hätte das gedacht.«

Nicht alle lachten.

Mochte auch die Anwesenheit Pietjes, den sie nicht hereinkommen gehört hatte, womöglich schuld an ihrem plötzlich noch stärker gewordenen Kopfweh sein. Noch bevor sie den Satz richtig ausgesprochen hatte, bereute sie die unbedachten Worte. Schließlich war nicht er und sein allmählich verrottender Kahn, der sowieso bald auf Wiśniewskas Schiffsschrottplatz landen würde, das Problem. Sollte Pietjes sich ihretwegen künftig an Land als Zugbegleiter verdingen. Für sein freches Auftreten wäre es ein Gewinn. Für die Reisenden weniger.

Jetzt aber wurde der Tumult erst richtig heftig. Nur so herausgeschossen kamen die lauthalsigen Wortfontänen, gegen die auch Freya Oestings Regenschirm nicht mehr ankam, mit dem sie fester und fester schlug, den betont lässig am Eingang des kleinen Feiersaals stehenden Pietjes im Blickfeld, der genüsslich in seinen rötlichblonden Bart griente. Kaum noch brachte sie die Beherrschung auf ihm das Teil nicht in sein feistes, unansehnliches Gesicht zu pfeffern.

»Leute, seid doch bitte mal kurz ruhig!« Auch Alfons der Bürgermaster war aufgesprungen, hob beschwichtigend die fleischigen Hände, als wäre er ein Politiker im Wahlkampf, der die jubelnde Menge in Schach halten muss. »Ihr könnt ja eure Meinung sagen, aber einer nach dem anderen. Wir sind doch nicht im Kindergarten«, mahnte er schwach.

»Den werden wir aber bald bekommen, wenn ihr zwei Hübschen da vorne weiterschlaft«, donnerte der in der ersten Reihe sitzende Gläsing, dem der Gasthof, in dem sie saßen und sich nicht einig wurden, gehörte. Von Freya Oesting und ihrer buchbaren Ponywelt abgesehen war hier niemand derart von den Saisontouristen abhängig. Zumindest nach außen. »Wir erwarten von dir, dass du die Sache in die Hand nimmst«, fügte er noch bestimmend hinzu, ohne sich in seine übliche Philippika gegen alles und jedes hineinzusteigern. Und als würde ihm das irgendjemand abnehmen: »Hat natürlich nichts mit dir zu tun Alfons. Bist doch schließlich unser Bürgermeister ...«

»Was soll ich denn noch alles in die Hand nehmen!?«, zeterte Freya, ohne jemanden besonders anzusehen. Am wenigsten Jonas Gläsing, dessen Ansprache sich nicht umsonst hauptsächlich an sie gerichtet hatte. In ihren müden Augen biss der Qualm. Gott, wo war sie hingeraten?

Einige der Dorfältesten -unter ihnen auch Gläsing- hatten damals, mit unverfrorener Selbstverständlich, von ihr verlangt sich als Gressiels erste Bürgermeisterkandidatin aufstellen zu lassen. Um den vertrottelten Alfons, der nicht mal ein Verbotsschild ohne ihren Segen aufstellen ließ, aus dem Amt zu fegen. Hatte sie nicht gewollt, nein. Wegen ihrem verträumten Mündel hatte sie es nicht gewollt.

Faule, störrische Ponys um die Dünen herumführen; dafür taugte Jette. Aber nicht einen in langen, verdammt harten Arbeitsjahren zur Stattlichkeit gereiften Hof, mit immerhin neunzehn Tieren, zu verwalten. Seit die Göre auf dem Festland lebte und nur noch selten nach Gressiel übersetzte mochte Freya Oesting erst recht nicht erste Bürgerin Gressiels werden. Gar nichts mehr mochte sie werden. Besonders nicht heute, an diesem restlos verkorksten Abend.

Wenn es gar nicht mehr anders ging würde sie sich auch mit Gläsing einlassen. Ein anderer, dem sie den Hof notfalls aufschwatzen könnte lebte hier nicht. Nein, wenn schon dann Gläsing, dessen Vogelgesicht, aus dem ein viel zu spitzer Zinken ragte, Freya als Zumutung empfand. Mehr noch als Pietjes gegerbte Visage. Nicht aber die immer wieder hochkochenden Gerüchte um Gläsings üppige, aus eher unordentlichen Landgeschäften herrührenden Rücklagen. Nicht zuletzt deshalb pflegte sie ein recht entspanntes, erstaunlicherweise sogar neidfreies Verhältnis zu dem Mann, dessen Horizont zumindest weiter als bis zur nächsten Düne reichte. Obendrein kam auch er nicht von hier. Auch das verband. Wenn auch bis jetzt nicht zu einem vertraulichen Zweckbündnis.

Noch geschlagene zwei Stunden hatten sie, bei Stöverbier und Doppelkorn, am spärlich ausgeleuchteten Tresen zusammengestanden. Alfons, Freya und Gläsing, der sein Gasthaus kurzerhand für geschlossen befunden und ein entsprechendes Schild an die Türe gehängt hatte. Dahinter waren die drei noch Verbliebenen bedient und dementsprechend schweigsam gewesen. Freya, weil ihr die Jette immer öfter fehlte, Gläsing, weil er bei der allseits geachteten Besitzerin der Gressieler Ponywelt partout auf keinen grünen Zweig, erst recht nicht zwischen ihre Beine kam. Alfons der Bürgermeister, weil sie ihn alle für einen Vollpfosten hielten und selbst der Dümmste unter den Dummen keinen Hehl aus seiner Geringschätzung machte. Alles spielte eine Rolle, nur Frau Gesine Branconi aus dem Schweizer Kanton Tessin und diese Investment Group nicht.

Ihren Schirm unter die Axel geklemmt, zog Freya trippelnden Schrittes über einen von schweren Traktorreifen eingefahrenen Weg. Über ihr schob der Landwind auch die letzten Wolkenhaufen auf die träge See hinaus. Fahles Licht warf der milchig gelbe Mond herunter. Mit solchen Ausblicken konnte sie leben.

Sie blieb stehen, schaute herüber zur alten, lediglich in Schemen erkennbaren Schule, in der den paar Kindern wenigstens ein Grund an Bildung vermittelt worden war. Jette hatte zum letzten Jahrgang gehört. Jetzt beherbergte das Häuschen ein kleines Museum, dessen einzige Attraktion aus dem zerfressene Schulmobiliar und der Schiefertafel bestand. Eintritt: Fünfzig Cent. Für Freya Oesting vollkommen unverständlich kamen sogar manchmal Leute, die sich dafür interessierten. Für die war das alles putzig, süß und wie aus der guten alten Zeit. Den Arsch hatte sie sich aufgerissen, um Gressiels Nachwuchs nicht dumm sterben zu lassen, unzählige Auseinandersetzungen mit dem Kreisschulamt geführt. Gedankt hatte es ihr niemand.

Tief sog sie die kühle Abendluft ein. Sich in Gläsings, in allen Stoßdämpfern schlagenden Rover nachhause bringen zu lassen hatte sie abgelehnt. Immer würde sie es nicht tun. Wenn sie schon älter wurde dann als Frau. Sicher nicht als seine aber als Frau.

Es ließ sich eh nicht aufhalten, wurden die entscheidenden Strippen doch landwärts gezogen. Gressiel stand weitgehend unter Fremdverwaltung. Tatsächlich lebten hier Seelchen, denen das neu war. Die anderen verstanden es nicht, die es verstanden kümmerte es nicht. Sie merkten nämlich nichts davon. Lange würde das nicht mehr so bleiben. Da halfen auch ihre Beziehungen nichts oder ihre unfreiwillige Rolle als Alfons Beraterin, die ihr zum Halse heraushing. Die Möglichkeit zusätzlicher Einnahmen würde sich der Kreis nicht nehmen lassen, in dessen Kassen seit jeher die Leere herrschte.

In Freyas Ohren erklang bereits des aalglatten, widerlich gegeelten Landrat Pojas in irgendein Mikrofon gesabbelte Lobpreisung. Von wegen die Segnungen des modernen Tourismus, in einer strukturschwachen Region, die allen zugutekommen würden. Gressiel war keine x-beliebige Region. Gressiel war eine Insel, noch dazu eine, zu der sie nie ein rauschiges Verhältnis entwickelt hatte. Viel weniger allerdings auch nicht.

Clemens Poja kannte sie noch aus einer Zeit als er sabbernd, mit aufgerissenen, geiernden Klubschaugen vor ihrer blankpolierten Poledancestange hing, an der sie dreimal wöchentlich, begleitet von rumpelnden Beats, herunterzurutschen pflegte. Sollte die Gegend doch strukturschwach bleiben -und der schmierige Arsch die nächste Wahl haushoch verlieren. Unter den braven, eigensinnigen Gressielianern fand ein jeder sein Auskommen. Von ihr und Gläsing abgesehen war das nur selten erklecklich, doch hungern brauchte niemand, wie auch niemand jammerte. Wer den Kaviar nicht kannte vermisste ihn nicht.

Kapitel 9

Alles auf Anfang und darüber hinaus

Dass Jette Oesting nun auch den zweiten Sonntag in Folge der Morgenmesse des Herrn Spätling ferngeblieben war, benutzte Herr Dr. Bertram zunächst dazu ein dreiviertel Glas Fernandez Brandy hinunterzukippen. Über fünf Jahre hatte er nichts mehr angerührt. Was auch besser war, weil er nichts vertrug. Manchmal hatte sich Marjellchen darüber lustig gemacht. Als sie das noch konnte. Später dann, als es mit ihr immer bedrohlicher, für ihn immer niederschmetternder wurde erkannte er im ungezügelten Trinken hauptsächlich eines: die nicht hoch genug einzuschätzende Gefahr seinem sich mehr und mehr verschwierigenden Leben und allem daran Hängenden den Garaus zu machen. Eine Gefahr, die ihm nicht drohte. Wenn auch Marjellchen von seinem Niedergang nichts gemerkt hätte. Umso früher dürfte ihr sein moralisierendes Getue klargeworden sein. Eine Rolle gespielt hatte auch das nicht.

Diesmal hatte er das Ende des Morgengottesdienstes nicht abgewartet. Sogar das beliebte Abschlusslied (*Kommt herab ihr Himmelsfürsten*), bei dem selbst er leise, mit kaum bewegten Lippen mitsang mochte er nicht zur Stärkung in die kommende Woche mitnehmen. Immer wieder hatte er sich im Kirchenschiff umgesehen. Beinahe wären die bierernst drein guckenden Leute hinter ihm ärgerlich geworden.

54

Es gab nicht viele Möglichkeiten, die ihre dem Anschein nach mittlerweile fortwährender Abwesenheit in St. Bartholomäus erklärten. Mit nichts war er dem bezaubernden Fräulein zu nahegetreten. Er, der perfekte Gentleman, mit all seiner Galanterie. Auf die war auch sein Marjellchen angesprungen. Für Marjellchen war ein gewisses Auftreten wichtig gewesen.

Wie ein Embryo in seiner schweren Sitzlandschaft liegend wurden des betrübten Mannes Nachdenklichkeiten immer träger. Von einer Seite zur anderen wälzte er sich, zuppelte das cremefarbene Glencoekissen unter seinem Kopf zurecht. Von irgendwoher drang ein Martinshorn herüber. Nicht lange und die schneidenden, lärmendes Klänge wurden leiser, die ihn an Marjellchens letzte Reise erinnerten. Zumeist herrschte im Viertel Grabesstille. Zu ihren Leidenszeiten, als er Geräusche nur noch schwer ertragen konnte, war es ihm recht gewesen.

Jost Bertram griff zur Fernbedienung, stellte den Fernseher auf Zimmerlautstärke. Wenn er ihr auch die guten Absichten nie absprach, lag die Marquardt an diesem Punkt eindeutig falsch. Warum sollte er sich ablenken? Alle Ablenkung dieser Welt, bündelte sich im Kirchenmädchen Jette. Ablenkung verändert keine Umstände. Frau Marquardt sagte ihm nicht wie viel Kraft ihn Marjellchens Rundumpflege tatsächlich gekostet hatte. Abermals drückte er am Umschalter herum, bis die breite Mattscheibe endlich erlosch.

Ohne sich noch die anderen Firmenanzeigen anzusehen hatte er einfach die erstbeste Nummer eingegeben. Jede der zehn Ziffern mit einigem Bedacht. Vierundzwanzig Stunden erreichbar, an sieben Tagen in der Woche. So versprach es die in auffallender Schlichtheit gehaltene Annonce. Genau das brauchte der Kreiskämmerer a.D., der nicht auch noch den nächsten Sonntag abwarten wollte, jetzt. Sie kam nämlich nicht mehr. Weder in Gottes, noch in sein Zuhause.

Fröstelnd war es ihm in der Zwischenzeit geworden. Das Telefon in die Halsbeuge geklemmt, raffte er eine Wolldecke um sich. Nach allen Seiten standen ihm die doch sonst immer so ordentlich gelegten Haare ab. Manchmal hatte ihn Marjellchen gekämmt und sich einen Spaß daraus gemacht, wenn er die Mundwinkel nach unten gedrückt und dabei ausgesehen hatte, wie ein missmutiger Balg.

Ob der überraschend freundliche, geschäftsmäßig klingende Herr, am anderen Ende der Leitung, ihm das Erzählte abnahm? Eine recht aufwändig gestrickte Legende, von familiären Zerwürfnissen und dem Wunsch nach Versöhnung, bevor es vorbei ist und er sterben muss. Natürlich kam die Wahrheit nicht in Frage. Herr Bertram nämlich hatte nicht die Absicht sich der Lächerlichkeit preiszugeben. Vor sich selbst ertrug er die, nicht aber vor anderen. Vielleicht hatte ihm Marjellchen auch deshalb das Jawort gegeben. Sicher nicht wegen seines schmucklosen Allerweltsgesichtes. Von dem ihm, zumindest in den ersten Jahren ihres ehelichen Miteinanders, ein erhebliches Gefühl der Unzulänglichkeit beschert worden

56

war. In all den Jahren mit ihr hatte er schließlich gelernt sich anders anzusehen.

»Herr Dr. Bertram, sind sie noch da ...?« Bereits weniger freundlich hörte sich der Mann an.

Jost Bertram zuckte zusammen.

»Ja ... ich bin noch da ...Verzeihung ...« Unsicher hielt er das Telefon ans andere Ohr. »Aber lassen sie doch den Doktor weg. Ich bin schon länger im Ruhestand und heutzutage ist ja doch manches freier im Umgang. Woher wissen sie überhaupt ...« Er räusperte sich. »Ich überlege nur gerade, ob wir uns eventuell persönlich treffen sollten. Im direkten Gespräch ist doch vieles einfacher.«

»Das wollte ich ihnen auch gerade vorschlagen. Ein zwei Fragen hätten wir da nämlich schon noch, die man nicht unbedingt am Telefon klären sollte. Zudem wollen wir sie natürlich auch persönlich kennenlernen. Da werden sie sicher Verständnis für haben.« Der Mann lachte ein kehliges, von kurzen Hustenanfällen unterbrochenes Lachen. »Wir sind zwar neugierig und das müssen wir in unserem Gewerbe auch sein. So halbseiden, wie manche Leute uns gerne sehen, sind wir aber dann aber doch nicht. Da haben sich die Zeiten auch geändert.«

»Selbstverständlich ...« Wieder rang Jost Bertram, um die rechten Worte. Ausgerechnet er, der Konferenzen noch und nöcher geleitet, der ungezählte Gespräche mit allen möglichen Leuten geführt hatte. Ruppig nahm er die Wolldecke von seinen Schultern, warf sie auf den Wohnzimmertisch. »Ich ...«, setze er ohne jede Entschlusskraft an. » ... ich komme gerne bei ihnen vorbei. Wann wäre es ihnen recht?«

Der Kreiskämmerer a.D. vernahm, wie betont geschäftsmäßig in etwas herumgeblättert wurde. Er grinste. Sein Terminkalender war *wirklich* voll gewesen.

»Dienstag früh um zehn vielleicht? Dann ist auch mein Geschäftspartner da. Passt ihnen der Termin?«

»Ja ...«

»Ausgezeichnet, und bringen sie bitte ein Bild ihrer Enkelin mit und wenn möglich ein Aktuelles. Umso leichter wird die Angelegenheit für uns werden.«

Drauf und dran die hochprozentige Buddel wieder aus der Glasvitrine hervorzuholen versprach Herr Bertram, was er unmöglich halten konnte.

Kapitel 10

Ein anderer Ansatz

Während Jost Bertram ausreichend finanzielle Mittel zur Verfügung standen, um das Aufspüren Jette Oestings fachkundigem Personal zu überlassen (und für ihn genug dagegen sprach), verließ sich, circa fünfhundert Kilometer weiter südlich, Henner Berg lieber auf seine eigene Nase. Und auch wenn die beiden so vollkommen unterschiedlichen Männer sich nur für eine sehr kurze Zeit persönlich begegnen werden eint sie doch der Eindruck, der so bereitwillig angenommenen Jette Oesting durch mehr oder weniger tatkräftiges Handeln irgendwie nahe zu sein. Den Trugschluss dahinter erkannten sie beide.

Überdies war ihnen der nicht unbegründete Verdacht gemeinsam, in ihrer gefühlsmäßigen Reaktion allmählich das rechte Maß zu verlieren. Auf ihre jeweilige Art aber kamen die leidlich verzauberten Herren damit zurecht. Was dem jüngeren besser gelang. Weil er es zur Genüge kannte.

Der hatte sich schon früher gerne mit einem Mann verglichen, der nach Wochen in der Wüste endlich auf Wasser stößt und dementsprechend hemmungslos davon trinkt. Außerordentlich gefiel ihm das einprägsame Bild -auch wenn es hinkte.

Insofern aber, dass Henner Berg über einige ihm wichtig vorkommende Informationen verfügte befand er sich dem hadernden Jost Bertram gegenüber in einer eindeutig vorteilhafteren Position. Zwischen jenen für beide enttäuschenden Sonntagen nämlich, in denen Dr. Bertram vergeblich auf Jette Oestings gefällige Teilnahme an St. Bartholomäus göttlichem Dienste gewartet hatte, war Henner Berg ihr tatsächlich wieder begegnet. Wenngleich auch nicht lange und natürlich nur im Chat.

Vor schierer Freude verrückt werden hätte er können, war dann aber doch, mit einer deutlichen Warnung an sich selbst, nüchtern genug geblieben, um ihre auf technischem Wege herbeigeführte Unterhaltung an unverfänglichen Themen auszurichten. Ohne freilich nur im Entferntesten den Eindruck zu erwecken sie auszuhorchen. Außerordentlich interessiert hatte er sich gezeigt. Interessiert an den Merkmalen ihres jungen, unverbrauchten Lebens. Weniger an ihrer höchst ansehnlichen Person, die er immer bereitwilliger als aus aller normalen Zeit gefallen wahrnahm. Sofern sie in der jemals angekommen war. Was er bezweifelte.

Ihm selbst hielt die Zeit am allerwenigsten vor. Da machte sich unser von allem Üblichen längst abgeschnittenes Hennerchen nichts vor. Als vom Glücke gänzlich vernachlässigt wollte er sich trotz alledem nicht sehen. Umso weniger seit es die Chatterin Schnullerbacke in seiner Sammlung virtueller Bekanntschaften und Henner Bergs felsenfesten Entschluss gab auch im richtigen Leben mit ihr zu reden. Entsprechend krampfhaft hielt er sich an den spärlichen Tatsachen fest. Nichts anderes brächte ihn weiter. Nichts brachte ihn weiter! Kein Studium der Zugverbindung, der Fahrzeiten, kein gieren nach Spartarifen. Selbst für eine Busfahrkarte in die Stadt fehlten ihm doch die Penunzen.

Unaufhörlich jaulte draußen die streuende Nachbarkatze, gab Töne von sich, als ginge es an ihr weiß schwarzes Fell, in das er seine Hände so gerne vergrub. Jetzt aber dachte Henner angestrengt nach und würde nicht eher damit aufhören (und hoffentlich einschlafen) bis seine Überlegungen halbwegs brauchbare Resultate geliefert hatten.

Im Hotel schuftete sie also. Als einfacher Lehrling. Das glaubte er ihr. In einem Hotel mit immerhin vier Sternen und ungefähr sechzig Betten, in dem sie regelmäßig die Möglichkeit zum kostenlosen Tennisspielen bekam. Auch das nahm er ihr ab (nicht aber ihre Unwissenheit, was die genaue Zahl der verfügbaren Betten anbelangte). Eine erfundene Identität klang spektakulärer. Nur kurz hatte er überlegt, ihr dreist den Namen des Hauses abzutrotzen. Derlei verriet man im Chat aber nicht.

»... auch eine nette Art die eigene Existenz wichtiger zu nehmen als sie ist...«, knötterte er sich genüsslich einen vor, bevor er das Maul weit aufriss und anhaltend gähnte.

Sein Blick geisterten umher, blieb an der alten Kommode hängen, die ihm Gerlachs irgendwann geschenkt hatten, weil das gute Stück zu schade für den Sperrmüll sei. War es auch. Er mochte sein winziges Schlafzimmer, fühlte sich nirgends behüteter, nirgends abgeschirmter. Spaß machte es dem Henner, das so dramatisch zu sehen und pudelwohl fühlte er sich wirklich in dem Räumchen, in dem selbst die Gardinenstange schief an der Wand hing, weil er mit dem stumpfen Bohrer kaum durch die harten Wände gekommen war.

Acht beschissene Tage blieben, vom laufenden Monat. Für die Hälfte reichte sein Internetguthaben. Das auf seiner Bank zeigte eine fette Null. Wie meistens. Ab morgen fraß er nur noch gebratenen Reis, billige Tagliatelle und Toastbrot für neunundvierzig Cent. Mademoiselle Fo aber spielte Tennis, ohne zu sagen wo. Tennis! Ein Stift der Tennis spielt. In seiner Lehrzeit waren die Hände rot und rau und aufgerissen gewesen. Von Kälte, Benzin und Öl.

Wie sie mit einem perlweißen kurzen Röckchen bekleidet, gelenkig den gedroschenen Bällen nachjagt, die wohlgeformten Beine wunderbar gebogen und gestreckt, viel Schweiß und ein Stirnband, um ihren schönen Wuschelkopf gespannt ... Daran denken durfte er nicht, tat es aber doch, weil er unaufhörlich an derlei dachte. Freilich gönnte er dem schnuckeligen Mäuschen die sportliche Abwechslung. Ein gelindes Mitleid empfand er nämlich auch ihr gegenüber, ihr und ihrer strengen katholischen Erziehung. Ließ er sein Mitleid beiseite blieb ein Leben, in dem es an einem niemals würde mangeln: Aufmerksamkeit. An ihm dagegen ging man vorbei, wenn auch womöglich nicht nach dem zweiten Blick. Entscheidend aber war der erste.

Henner begutachtete die großen, roten Ziffern des Radioweckers. Auf ein Uhr rückte es bereits. Ungelenk schaltete er sein Nachttischlämpchen ein, schaltete es sofort wieder aus und wieder ein. Erneut legte er sich auf den Rücken und sehnte sich den Morgen herbei. Nicht aber die zähen, dahin kriechenden Tage ohne Geld, die vor ihm lagen. Tage mit gerade so viel im Bauch, um keinen wirklichen Hunger ertragen zu müssen.

Warten. Warten und gucken. Bilder gucken, nur gucken. Nichts anderes.

Wie viele Hotels da oben auch existieren mochten, die Menge ließe sich einschränken. Auf vier Sterne vielleicht, fünfzig bis sechzig Betten und mindestens einen Tennisplatz. Drei bis vier Hotels blieben somit übrig, vielleicht auch fünf oder sechs. Theoretisch, alles nur theoretisch. Doch selbst wenn sein Kalkül stimmte: Er kam doch nicht weit, würde anderntags aber ins Netz kommen, in dem es von Hotelführern nur so wimmelte.

Wie er alles das mehr oder weniger gründlich bedenkend da lag, in seinem von etlichen Pupsern immer dicker gewordenen Nachtmief, beschlich ihn der nicht neue Verdacht er dreht sich im Kreise. Mochte sich der Radius auch gelegentlich ändern. Wie immer, wenn er bei derlei angekommen war machte er nur einen Schuldigen aus: Das ach so böse, das ach so unfaire Leben, das die Besten einfach alleine bleiben und wegen all den unerfüllten Sehnsüchten eingehen ließ. Vor lauter Furcht es könnte noch schlimmer kommen riskierte er doch nichts mehr, nahm stattdessen, durch seine innere Haltung, das Ende der jeweiligen Geschichte vorweg. In der Aktuellen kam die betörende Schnullerbacke vor, ein wahrscheinlich doch eher belangloses Hotel, in dem sie beflissen Dienst tat und ihn, abseits des seichten Chatgequatsches, selbst des unwichtigsten Gedankens nicht würdigte. Wieder war er nur eine Randnotiz, die man nur für ein paar flüchtige Momente wahrnahm.

Nach zwei Stunden unter dem Lichte hörte die Seele auf den Schlaf des Henner Berg zu fressen, der ihm durch und durch tief geriet, dass ihn bis zum frühen Morgen aller Verzicht nicht mehr anging.

Kapitel 11

Die Detektei Pinkert & Saale

Zur selben Zeit als sich der Kreiskämmerer a.D. Jost Bertram allmählich klar darüber wurde, dass er sich

63

unmöglich in Oststeinbek befinden konnte, nicht zuletzt weil es hier -wie ihm in einem zweiten Telefonat von Herrn Saale noch ausführlich beschrieben worden war- weder einen Minigolfplatz, noch einen Betrieb für industrielle Fördertechnik zu geben schien, befanden sich Alois Saale und Klaus Pinkert in ihrem Besprechungszimmer. Wofür sie das schummrige Kabuff, mit Pinkerts ausrangiertem Küchenmobiliar, tatsächlich hielten. Mit dem großen Stadtplan, an eine der durch immerhin eigene Hände weiß gestrichenen Wände geheftet, erfüllte es seinen Zweck.

Sie kannten sich seit lange zurückliegenden Polizeischultagen, waren sogar in der Hafenstraße zusammen Streife gefahren. Als dort noch Autos meterhoch loderten, jede Menge Steine, ja der ganze anarchistische Müll -wie es der reichlich angewiderte Saale immer genannt hatte- umhergeflogen war.

Seit jeher hauten sie sich gegenseitig aus allem möglichen Schlamassel heraus. Nicht weil sie sich sonderlich liebten, sondern weil sie dachten es gehöre dazu. Noch heute waren sie hungrige Krähen, die allerdings ihre Schnäbel nicht mal in die Nähe des jeweils anderen brachten, dafür aber umso lieber dort pickten, wo es sich lohnte.

Einst war Pinkerts spitzer Schnabel sogar im Suff zwischen Julia Saales Beinen gelangt. Wo er ihr das beste Kommen ihres Lebens beschert hatte. Ihre Freundschaft und die einfachen Zwecken dienende Ehe der Saales waren daran nicht zerbrochen. Zu Bruch gegangen war ein Gartenstuhl, der Pinkert von seinem doch sehr verletzten Kompagnon mit Schmackes hinterhergeworfen worden war. Verbunden mit der äußerst ernst gemeinten Drohung:

»Kommt das wieder vor erschieße ich dich, du Drecksack!«

Jetzt waren sie noch gut im Futter stehende Ex-Polizisten, die in ihrer zweieinhalb Personen Firma (Donnerstags kam vormittags noch Emily, die ständig übermüdete studentische Aushilfe, um sich einigermaßen lustlos der dünnen Buchhaltung anzunehmen), in bester Hinterhoflage, auf ihren runzeligen Ärschen saßen und mit unbewegten, gegerbten Missmutsgesichtern den Anruf des merkwürdigen Dr. Jost Bertram erwarteten.

Den aber hatte ein abgegriffener, seit langer Zeit nicht mehr benutzter Straßenatlas endlich wieder auf die richtige Fahrspur gebracht. Ohne freilich die geringste Aussicht, die verlorengegangene Zeit wieder heraus zu holen. Es scherte ihn nicht. Er würde auch nicht anrufen, sein peinliches Malheur erklären.

Hintersinnig fragte Pinkert:

»Welchen Eindruck hattest du von ihm am Telefon, Alois?«

Kräftig biss er in sein mit Salami- und Gurkenscheiben belegtes Vollkornbrötchen, goss einen kräftigen Schluck pechschwarzen Pappbecherkaffee hinterher. Allmählich nahm ihm das seine Pumpe übel. Seit seine Nörgeltrine von Frau, die nur zu besonderen Anlässen ihren Bademantel vom Leib bekommen hatte, vor zwei Monaten endlich ihre verheißungsvolle Ankündigung wahr gemacht und das Weite gesucht hatte brachte ihm Saale jeden Morgen die Futterei mit.

»Dass wir uns bei unserem guten Doktorchen wahrscheinlich keine Gedanken wegen der Kohle machen müssen«, antwortete Alois Saale trocken, was nicht alles war. Einigermaßen für blöd verkauft kam nämlich auch er sich vor. Kannten sie alles. Die kleinen Fixer, die Zuhälter, die Dealer, die mit dicker Schminke zugekleisterten Omahuren. Von all dem Gesocks waren sie für blöd verkauft worden. Bei dem hier aber stieß es ihnen nochmal so übel auf. Doch nur Saale fragte insgeheim nach dem Grund.

»Sonst nichts?« Pinkert ließ nicht locker. »Glaubst du dem Pingel etwa die Story? Klingt doch wie eine Seifenoper.«

»Das kann ich dir erst sagen, wenn er sie uns jetzt gleich nochmal erzählt hat«, antwortete Saale unwillig. » … und zwar hier!« Nachdrücklich klopfte sein Finger auf die Tischplatte. »Wenn wir ihn heute noch zu Gesicht bekommen ...« Auch er war schließlich noch Polizist genug geblieben um stinke sauer zu werden, wenn man ihn nicht ernst nahm.

Nebeneinander sitzend tauschten die Privatermittler vielsagende Blicke. Schließlich ergriff Klaus Pinkert räuspernd das Wort. Wobei er sich schwer im Zaume hielt:

»Sie haben uns also keine Aufnahme ihrer Enkelin mitgebracht Herr Dr. Bertram ...?«

»Nein … Aber lassen sie doch bitte den Doktor ...«

»Mein Kollege hier hatte sie aber ausdrücklich darum gebeten!«

66

Eindringlich betrachtete Pinkert den in einem grauen, altmodischen Anzug steckenden Senior, am anderen Ende des eiligst noch von Frühstücksresten befreiten Tisches, der sich erst nach der dritten Aufforderung niedergelassen hatte. Das angespannte, verkniffene Gesicht, die Schweißtropfen auf der faltigen, hohen Stirn. Auch abzüglich der nicht eingehaltenen Uhrzeit wirkte ihr möglicher Kunde wie ein gehetztes Tier. Doch auf dem Kerbholz hatte der leicht vornübergebeugte Mann, dessen Arme schlaff am Stuhl herunterhingen, garantiert nichts. Als umso merkwürdiger empfand Pinkert die irgendwie büßerisch wirkende Haltung des Herren, der nun endlich seinen schwarzen Filzhut abnahm und wie eine Trophäe vor sich legte.

Jetzt hob Alois Saale, der sich ebenfalls seinen Teil dachte, an. Wenngleich weniger forsch als sein Kumpane, der seit jeher der deutlich Ungeduldigere von ihnen war.

»Herr Dr. … ich meine Herr Bertram … Es geht auch darum uns die Recherchen leichter zu machen. Natürlich können wir auch aufgrund einer genauen Beschreibung und einiger zusätzlicher Informationen mit der Suche nach ihrer Enkelin beginnen. Wir können auch einen Zeichner bestellen.« Alois Saale legte eine taktische, genau kalkulierte Pause ein, während der er so tat als zweifelte er plötzlich am Sinn des Unterfangens. »Vorausgesetzt natürlich sie wollen überhaupt mit unserer kleinen Detektei zusammenarbeiten. Wovon ich … » -kurz schielte er Pinkert an- » … ich meine wovon *wir* eigentlich ausgehen. Sie sind ja schließlich hergekommen.« Leise und trotzdem von Bertram gehört fügte er hinzu: »Wenn auch nicht gerade pünktlich.«

»Ich habe gestern noch alle Schubladen durchsucht und auch heute Morgen.« In Jost Bertram kroch die Wut hoch. Eine Wut, die er -Frau Marquardt sei es gedankt- zwischenzeitlich gut im Zaume hielt. »Eines habe ich auch gefunden. Da war sie vierzehn oder fünfzehn. Damit können sie doch nichts anfangen oder doch?« Fragend schaute er die beiden an. »Was sollte ich denn tun? Nach all den Jahren meine Tochter anrufen? Die legt mir doch den Hörer auf. Ohne die gäbe es doch dieses Problem nicht. Ich weiß ja nicht einmal, ob sie verheiratet ist. Ob sie ihren Mädchennamen noch trägt. Vielleicht ist sie schon Mutter.«

»Aber ihr Mädchenname ist Oesting?«, wollte Saale noch einmal bestätigt haben.

Herr Bertram nickte.

»Und der Vorname ist Jette?«

»Ja.«

»Und was macht sie so sicher, dass sie überhaupt noch in Hamburg ist? Wir können nicht wegen einer Familienfehde Interpol einschalten. Die erklären uns doch für bekloppt.«

Das sah der Kreiskämmerer a.D. ein, der mit einiger Ergriffenheit antwortete:

»Ich hoffe so sehr, dass sie noch in Hamburg ist … Warum hat sie das nur gemacht?«

»Was? Ihnen den Kontakt zu ihrer Enkelin jahrelang vorenthalten?«

»Ja Herr Saale. Warum hat sie mir den Kontakt jahrelang vorenthalten? Ich hätte Jette so gerne aufwachsen sehen.«

»Waren sie mal im Internet?«, brummte Pinkert. Um ein Haar hätte er noch nachgeschoben: »Sie wissen doch sicher, was das ist.« Er riss sich zusammen. Aber wenn ihm Bertrams jämmerliches Gebaren auf den Sack ging, dann ging ihm Bertrams jämmerliches Gebaren auf den Sack. Was ihm hier aufgetischt wurde war Mist. Nicht wegen der Widersprüche und Ungereimtheiten. Nein. Es war des Herrn Doktors auffälliges Bemühen eben die zu vermeiden. Wer log war umso mehr daran interessiert besonders plausibel zu klingen.

»Damit kenne ich mich nicht besonders gut aus«, bekannte der Kreiskämmerer a.D., so lakonisch wie wahrheitsgemäß. Wobei er geflissentlich verschwieg, wie er es trotzdem, im neu eingerichteten Internetcafé gleich neben dem Vitalzentrum, fertiggebracht hatte Jette Oestings Namen durch gleich zwei Suchmaschinen zu jagen -und beinahe von der zufällig, auf dem Bürgersteig vorbeihuschenden Frau Marquardt bemerkt worden wäre. Ein recht trügerisches Gefühl der Befreiung hatte es ihm beschert, sich nicht wegen ihr in der Nähe des so vertraut gewordenen Gebäudes aufzuhalten. Auch wenn es keinen einzigen Treffer gegeben hatte.

Abermals richtete Klaus Pinkert das Wort an Herrn Bertram:

»Gut, das können wir jetzt nicht ändern und mit einem Volkshochschulkurs brauche ich ihnen sicher nicht zu kommen. Wir schauen aber gleich in unseren Computer, ob wir sie in irgendeinem Telefonverzeichnis finden. Zuvor auch von meiner Seite die Frage: Sie wollen, dass wir für sie tätig werden? Haben wir das richtig verstanden? Die Sache ist ja auch die: wir müssen einen Vertrag aufsetzen ...«

Herr Bertram merkte auf.

»Einen Ver...«

» ... den sie selbstverständlich, von einem Rechtsanwalt ihres Vertrauens, wie man das so schön sagt, vor Unterzeichnung überprüfen lassen können«, warf Alois Saale so beruhigend ein, wie er selbst nicht war. Ihrem ersten Kunden hatten sie ausgerechnet diesen Rat nämlich nicht gegeben.

»Ich will aber keinen Vertrag!«, hielt der Herr Doktor so widerborstig wie kindisch dagegen. »Es ist einfach nicht notwendig. Verstehen sie? Das bekommen wir doch auch so geregelt.«

»Ja, natürlich bekommen wir das«, bestätigte Saale. »Alles bekommt man irgendwie geregelt. Nur sind mein Partner und ich keine mies bezahlten Haarschneiderinnen, die sich gerne was dazuverdienen. Ohne das an die große Glocke zu hängen. Das hier ist nämlich eine Firma.«

Pinkert, der ähnliches dachte, schwieg.

Auch Bertram, dem der Tonfall des Mannes nicht passte, der sich zurechtgewiesen, wie ein Rotzlöffel behandelt vorkam, hielt zunächst den Mund. Dann aber sagte er, den Kopf vorsichtig hin und her gewandt, trocken und mit der festen Absicht herauszufordern:

»Das sehe ich ...«

Saales Augen blitzten gefährlich, bevor sie sich zu einem Schlitz verengten.

»Was sehen sie ...?«

»Ich sehe, dass das hier eine Firma ist Herr Saale.«

»Richtig, eine Firma. Und sogar eine Firma in der wir jederzeit die Steuerfahndung oder die Gewerbeaufsicht oder am besten gleich beides zusammen einbestellen könnten, ohne dass es Ärger gibt.«

»Wahrscheinlich aber nicht das Sittendezernat ...«, warf Pinkert hämisch ein.

Jetzt waren es Jost Bertrams Augen die funkelten.

»Was wollen sie damit sagen?«

»Was wir damit sagen wollen Herr Dr. Berram? Zum Beispiel, dass wir kleinen Schnüffler ... So sehen sie uns doch anscheinend« -abschätzig deutete er auf Herr Bertrams Filz- »..., dass wir kleinen Schnüffler zwar keinen Doktorhut tragen aber trotzdem nicht auf den Hinterkopf gefallen sind. Und dass sie es sicher zu schätzen wissen, wenn wir keine weiteren Fragen stellen.«

»Wenn ihnen die Frau über Jahre unter den Händen wegstirbt und sie denken es hört nie auf ...« - Bertram, der das in der Tat sehr zu schätzen wusste, tat als viele es ihm schwer weiterzusprechen.- »... nützt ihnen auch kein Doktorhut mehr was ...« Schroff, ja beinahe zornig forderte der Kreiskämmerer a.D.: »Dann holen sie schon ihren Vertrag. Auf die anwaltliche Überprüfung verzichte ich. Ich will nicht noch mehr Ge ...« Er brach ab. Egal was diese unan-

71

genehmen Leute auch forderten. Sie würden es bekommen.

Zweiter Teil

Kapitel 1

Die Befindlichkeiten der Frau Branconi

Die offensichtlichen Vorzüge einer hoch über dem Luganer See gelegenen Natursteinvilla, benutze Frau Gesine Branconi gerne um sich grundlegende Seinsbetrachtungen zu ersparen. Dass das Zwischenmenschliche bei der nicht nur im bergigen Umland als ausgesprochen aufregend empfundenen Mittvierzigerin zunächst eher geprägt von genauestens bestimmten, sachlichen Interessen war; auch darüber verlor sie nur äußerst selten ein Wort. Wie sich überhaupt der sprachliche Aufwand den sie betrieb in Grenzen hielt. Wozu sprechen, wenn man strahlte? Und sie strahlte gewaltig.

Ein oberflächliches Dummerchen war sie aber nicht. Ein oberflächliches Dummerchen erwarb keinen Abschluss in Finanzmarketing. Jedenfalls nicht ohne sich dabei, bei den richtigen Leuten, körperlich entsprechend eingesetzt zu haben. Erst recht nicht in sieben schnellen, disziplinierten Semestern, in denen der leibliche Spaß trotzdem seinen Platz gefunden hatte. Lange hatten ihr die akademischen Meriten als Beweis ihrer Klugheit und Bildung genügt. Dass sie darüber hinaus vom Geldhandel wesentlich mehr verstand als man ihr zutraute; unrecht war es ihr nicht. So nämlich blieb die Gesine Branconi innerlich gut bei sich und ihrem Joker.

Der an Anbiederung grenzenden Ehrerbietung, die man der hochgeschossenen Frau entgegenbrachte, beförderte ihren Hang zum süßen Leben. Ein

Leben, das sie ohne jeden Anflug jener Scham führte, die Menschen am oberen Ende der Gesellschaftsskala zuweilen befällt. Andererseits gehörte sie nicht zu denen, die sich entsetzt an die Goldkette fassen, wenn der geistig abwesende Tischnachbar das Buttermesser durch den Mund zieht. Das hatte ihr mit bereits einundsechzig Jahren verstorbener Vater nämlich getan. Wie vieles andere auch ...

Auf ihrem allem Adel zur Ehre gereichenden Mittwochsempfängen wurde sie von den willkürlichen Eingeladenen behandelt wie ein rohes Ei, das sich nicht nur die Herren, bei ihrem Anblick, gerne über den schnell in Wallung geratenen Leib gegossen hätten. Zählte sie nur halbwegs darauf, dass er oder sie nachher die Klappe hielt kam es auch dazu. Dann gab es wieder eine Person mehr die sich im eigenen, zumeist weniger gehobenen Kreise berühmte da oben am Monte Pelusio mit der Branconi getanzt, geknutscht oder gar in einem ihrer vier himmlischen Gästebetten gelandet zu sein. Für sie waren es Speichellecker, die sie auch an die Leine hätte nehmen können. Wenn sie kam spielte das nicht die geringste Rolle.

Ihr mit einigem Recht und nicht nur von ihr als klein wahrgenommener Ehemann ließ sie gewähren, kam trotz ihrer regelmäßigen Eskapaden nicht anders als rundherum aufmerksam und freundlich daher. Egal wie gestresst er auch mit seiner Falcon x700 (drei umweltfreundliche Triebwerke!) durch die Metropolen der Welt tourte. Immer auf der Suche nach einem schnellen, möglichst unkomplizierten Geschäft, das den Laden seiner dreiundzwanzig, unter einer

Holding organisierten Firmen am Laufen hielt. Nach keiner seiner Reisen trat er ihr anders als mit einem recht exklusiven Präsent unter die katzengleichen Augen, für das sie sich allerliebst bedankte. Sogar einen verhaltenen Kuss gab sie ihm auf die pralle, meist etwas gerötete Wange, in die sie anschließend kräftig und stets mit denselben Worten zwickte:

»Du bist mir schon so ein Schlawiner. Wieder viel zu viel ausgegeben hast du für mich. Sollst du doch nicht!«

Dass das mit dem Schlawiner sogar zutraf erkannte auch Alois Branconi, geborener Schmid, dessen geschäftliche Tüchtigkeit den sozialen Realitätssinn noch nie hatte schmälern können. Dafür waren die Verhältnisse aus denen auch er kam viel zu bescheiden gewesen. Natürlich blieb sie bei ihm, weil er sie ausreichend versorgte. Nicht nur in Gerüchten fand sich anscheinend ein Körnchen Wahrheit. Erhabenere Motive, für ihre langjährige eheliche Verbindung, fanden sich nicht. Zumindest nicht bei ihr. Zum dreißigjährigen Firmenjubiläum hatte er das sogar -mit einem kecken Zwinkern- einem vorwitzig fragenden Journalisten ins Notizbuch diktiert. Der Schlawiner war hundertprozentig mit sich im Reinen: Nicht gutaussehend aber gut. Überaus erfolgreich, ohne andere übers Ohr zu hauen.

Seiner Wahnsinnsfrau genügte das goldene Nest in luftiger Höhe nicht mehr. Auch da log sich der zur scharfen Analyse neigende Investor Branconi nichts in die vollen Zastertaschen. Selbst die größten Annehmlichkeiten schützten vor Langeweile nicht, schützten auch die alterslose Schönheit, an seiner komfortablen Seite, nicht.

Sogar ihre Amouren linderten die Not doch nicht mehr. Am allerwenigsten seine Bemühungen, um auch ihre körperliche Zufriedenheit. Seinen zahlreichen geschäftlichen Verpflichtungen geschuldet wurden die immer seltener, fanden darüber hinaus in den Grenzen statt, die ihm seine fünfundsechzig Lenze allmählich setzten. Nicht teilnahmsloser als sonst nahm sie die Minuten hin, die sie sich unter ihm räkelte. Genauso ertrug sie es, wenn er beim Liebesspiele unbedingt Pavarotti und sein Nessum Dorma und das nicht gerade leise hören wollte. Spätestens beim »... vinceeeeeerooo ...« war er dann auch schon fix und fertig, hapschte wie ein an Land gespülter Fisch. Dann kniff sie ihm wieder in seine Backe, säuselte, die gebotene Erschöpfung vortäuschend, ihr bewährtes » ... du bist mir schon so ein Schlawiner ...«.

Hatte ihr chronisch überarbeitetes Männlein in den Schlaf gefunden stand sie leise auf, hüllte sich in eine ihrer großzügig geschlitzten Kaftanen, schnappte sich ihr Notebooks und legte sich hinaus, auf die holzgetäfelte Veranda. Von Anfang an war ihr die ums ganze Haus herumführende Terrasse die liebste Stelle gewesen. Dass sie unter dem vor sengender Sonne und Regen gleichermaßen schützenden Palramdach längst angefangen hatte gegen das immer Gleiche ihrer Tage noch auf ganz andere Art anzukämpfen, ahnte der leise schnarchende Schlawiner nicht. Am Tage und in der Nacht hatte der längst seinen Rhythmus gefunden.

Sie nicht.

Es ging die Schofseckel den Dreck an. So betrachtete sie es, mit boshafter Freude und ebendiesen Worten. Zudem würde niemand von denen, wo immer sie auch versuchten ihr armseliges Leben aufzupeppen, vermuten wem sie da zuweilen recht anzügliche Sätzchen schickten. Sowieso doch zierte nur eine einzige Photographie ihr Chatprofil, die sie in einem weinroten Talbot-Runhof-Abendkleid zeigte, die unter den brünetten Haaren leicht abstehenden Ohren mit zwei grünlich blauen Klunkern behangen. Sollten sie spekulieren, an eine aufgebrezelte Übermutter auf der Hochzeitsfeierlichkeit ihres ältesten und liebsten Sohnes glauben. Keine Privatismen! Obgleich sie es nicht laut in den Mund nahm liebte sie das irgendwo aufgeschnappte Wort, liebte es, weil es geschmeidig klang.

Ohne die Finger von der Tastatur zu nehmen, schaute sie über ihr Laptop hinweg auf den dunklen See hinunter, an dessen Ufer sich bunte Lampions schlängelten. Sogar Stimmen meinte sie zu vernehmen. Ausgesprochen heitere, fröhliche Stimmen. Und alles durchmengt mit einer fürchterlich albernen, schnulzigen Musik.

Die Heerscharen an Touristen, die auch noch beim miesesten Wetter plappernd und photographierend die Berge hochkraxelten! Wenigstens hatte noch keiner von denen die Selfistange über die mit Grünzeug berankten Mauern gehalten. Andererseits gefiel ihr die Aufmerksamkeit. Zumindest solange, wie sie nicht darauf reagieren oder gar jemanden zur Ordnung rufen brauchte. Seit etlicher Zeit schon überlegte sie an einem Sicherheitsdienst, den der manchmal erstaunlich vertrauensselige Schlawiner für einigermaßen überflüssig hielt. Ein Wachhund schied aus. Regelrecht vernarrt war die Gesine Branconi in Hunde, besonders in große, nicht aber in deren Haare. Und Hunde ohne Haare waren für sie keine Hunde. Sie hatte es versucht.

Von diesem Mädchen, mit dem sie über Wochen etliche Stunden geplaudert und sich dabei ungewohnt mitteilsam präsentiert hatte, las sie seit Tagen nichts mehr. Wie es sich unserer Frau Branconi, diesmal in einen halb geöffneten, reich bemusterten Schalkragenbademantel gehüllt, auch an diesem späten Abend bequem gemacht hatte auf ihrer bevorzugten Liege, das linke Bein recht fraulich angewinkelt, bedauerte sie das auch heute. Bedauerte es sehr. Obwohl ihre so ehrlich empfundene Sympathie eher als Nebenprodukt einer ausgesprochen interessanten Bemerkung des Mädchens angefallen war. Partout wollte sie das so sehen.

»Finden sie mich eigentlich hübsch oder so was Ähnliches?«

Die Branconi, in der Fetzen des letzten Chats wie ein langsamer, sich wiederholender Abspann liefen brachte ihren Oberkörper nach vorne.

»Ich sehe dich ja gar nicht richtig auf deinem Bild. Hast du das mit Absicht so verändert? Soll man dich nicht richtig erkennen?«

Genug gesehen hatte sie trotzdem und das nicht ohne Neid. Ihre eigene Schönheit nämlich würde ihr nicht mehr so lange erhalten bleiben.

Als Gesine Branconi ihr Mailprogramm öffnete war sie sich nicht sicher, ob sie es auch benutzen würde. Aber sie tat es, schrieb schnell und präzise, was ihr ihr den Sinn kam. Auch wenn sie dabei nicht den Hauch jener Zufriedenheit empfand, die sie erwartet hatte. Was sie empfand war ein kleines aber merkliches Gefühl des Verrats, begangen an jemanden mit dem sie sich -sie klappte den Computer zu, legte beide Hände auf die leicht erwärmte Oberfläche- so gerne ausgetauscht hatte.

Kapitel 2

Freya wirkt angefasst

Kräftig fuhr sie sich mit der Hand durch die in der vergangenen halben Stunde in beträchtliche Unordnung geratenen Haare. Wie eine Greisin kam sie sich vor, während sie im Adamskostüm in die Küche schlurfte, den Kühlschrank öffnete und kurz hineinsah. Einfach so. Dann setzte sie sich wieder vor den Computer, schob beide Daumen in den Mund. Widerlich roch das Stop n Grow aber endlich wuchsen ihr wieder Nägel. Und die konnte man lackieren. Wie sich auch die Visage dieser Schweizerin lackieren ließ, deren vor platter Höflichkeit strotzendes Geschreibsel von jener so leicht zu durchschauenden Falschheit zeugte, die Freya Oesting abgrundtief hasste.

Gesine Branconi
Grand Montana

Liebe Frau Oesting,

vielleicht wissen sie, wer ihnen hier schreibt. Ich würde sie gerne persönlich kennenlernen. Von verschiedener Seite wurde mir berichtet, dass sie ein sehr interessanter Mensch mit Visionen sind. Was ich Ihnen zu sagen habe wird sie bestimmt interessieren. Bitte entschuldigen Sie auch, dass ich Sie so mit meiner Email »überfalle«. Ach ja, und glauben Sie nicht alles, was sie hören oder in der Zeitung lesen ... :-)

Ihre

Gesine Branconi

»Du blöde Kuh ...!« Über die Lautstärke selbst erschrocken, in der Hauptsache aber weil sie seit Längerem nicht alleine zuhause war, dämpfte sie die heißer gewordene Stimme. »Erzähl du mir gefälligst nicht, an was ich glauben soll!«

Noch etliche Titulierungen hatte sie auf Lager. Freya Oestings schier unerschöpflicher Fundus. Nur im Umgang mit Jette hatte sie sich am Riemen gerissen. Immer war es ihr nicht gelungen. Wie war diese unverschämte Person bloß an ihre Emailadresse gelangt? Die kannte selbst Jette nicht. Freya wollte nicht vergeblich auf Mails warten müssen. Alfons und Gläsing aber hatte sie informiert. Und Schwester Marie-Ambrosine, über deren reichlich irritiertes, beinahe verlegenes »Vielen Dank, ich notiere mir das ...« sie

81

sich Tage lang beäumelt hatte. Ginge es nach den frommen Damen würde die Post immer noch mit Brieftauben zugestellt. Der Spott war für Freya Oesting einfacher als sich klarzumachen, wie viel Dank sie den Frauen schuldete. Ein Dank, den sie manchmal sogar empfand.

Mit ein paar schnellen Mausklicks schickte sie ihre elektronische Post an den kreischenden Nadeldrucker. Mittlerweile kam sie recht gut zurande mit dem alten Kram, den sie den Inselhoppers, aus einem ihrer seltenen »Ich kann mich ja nicht ewig verweigern...«-Launen heraus, abgeluxt hatte. Jahrelang wollte sie sich nicht auch noch mit der Computerei befassen müssen, geschweige denn viel Geld dafür ausgeben. Lieber hatte sie aufs Festland hinaus telefoniert, noch lieber merkwürdig verkappte Briefe auf parfümiertes Papier geschrieben. Von Bremsbecks einzigem Schreibwarenhandel hatte sie sie sich die Duftblätter schicken lassen, die extra für sie bestellt worden waren.

Die alten Kolleginnen! Nur die wenigsten hatten zurück ins Bürgerliche gefunden und mit denen wollte sie schreiben. Mit Stil. Nur ein Hauch von Stil. Dass sie auch in Bremsbeck Freya Oesting und ihren Ruf kannten; am Arsch ging es ihr vorbei. Was ihr nicht am Arsch vorbeiging kam mit einem auffallend wohlklingenden Namen daher. Diese schweizer Primadonna knabberte ihre Nägel bestimmt nicht ab. Lange Nägel, gepflegte Nägel, rote Nägel. Klepper würde auch die Branconi besitzen, bevorzugt solche von edelstem Geblüte -deren braune Hinterlassenschaften andere beseitigen durften. Verroht gebliebene Menschen wie sie, auf die sich niemand freute.

Aber so war es ja nicht …

Etwas beruhigt hatte sich Freya, der auf dem Weg nach oben sogar der Gedanke gekommen war die Sache mit der Email vielleicht ein wenig hoch zu hängen. Jetzt saß sie, die glänzenden Schenkel übereinandergeschlagen, auf der Bettkante, in der einen Hand den Ausdruck, den sie am liebsten ins Klo werfen würde. Mit der anderen presste sie Gläsings sich unter gleichmäßigen Atemzügen bewegende Nasenflügel zusammen. Albern kam sie sich vor. Sie waren nicht die Hauptdarsteller, in einer Fünfzigerjahre Schmonzette.

Der tief zufriedene Mann in ihrem Bett schnappte nach Luft. Seine Lider hoben und senkten sich, flackerten herum. Als er Freya erkannte, lächelte er ein ungemein seliges Lächeln. Fast hätte sie ihn für einen Pimpf halten können, der staunend und dankbar vor seinem ersten, lang ersehnten Fahrrad steht. Als hätte sie jemals einem Kind ein Fahrrad geschenkt. Sie selbst hatte doch auch keines bekommen. Nichts hatte sie bekommen, außer Ohrfeigen und der Verheißung dort zu landen, wo sie schließlich auch gelandet war.

»Na, hast du es überlebt ...?«, knurrte sie sympathischer als ihr lieb war. Totrammeln hätte sie ihn können. Den einzigen Mann Gressiels, der ihr auf Augenhöhe begegnete, so lange auflaufen zu lassen. Sie wäre nicht die die sie war, wenn sie sich deshalb Vorwürfe machte.

Gläsing deutete auf Freyas Hand. Sein Schambein schmerzte. »Was hast du da?«, presste er mit angespannten Gesichtsmuskeln hervor, die ihr hoffentlich verborgen blieben. Sie blieben es nicht, wie ihm ihr plötzlich amüsiert wirkendes Gesicht verriet.

»Die neusten Pegelstandsmeldungen sicher nicht.« Ihre Miene verdunkelte sich. »Wer hat meine Email an die Schickse durchgestochen? Du etwa?«

»Nein, hab ich nicht.« Im Nu hatte er ihr das Papier aus der Hand genommen, so aufmerksam wie schnell die paar Zeilen überflogen. Ordentlich faltete er das Blatt und gab es ihr zurück. »Wer an deine Email kommen will kommt an deine Email. Das weiß sogar ich. Bist ja nicht nur hier bekannt.« Richtig besorgt klang es, als er nachschob: »Es wird eng. Am besten du trommelst wieder die Leute zusammen.«

»Nein! Und es wird auch nicht eng!«, widersprach Freya entschieden, während ihre Finger etwas steif über seinen schwitzenden Brustkorb strichen. »Die Schnalle kann hier nicht einfach morgen mit ihrem privaten Bautrupp einfallen und alles umgraben. Was da alleine an naturschutzrechtlichen Fragen abgeklärt sein muss. Das dauert Jahre. Bis dahin sind wir nicht mehr.«

»Bist gut mitgegangen«, erklärte Gläsing, der nur mit einem Ohr hinhörte, versonnen. Fragen konnte man umgehen, und wenn nicht ließen sich die Antworten so lange hinbiegen bis es passte.

Freya, die bestimmt aber nicht schroff seine Hand von ihrem Bein nahm, wiegelte ab. Stillschweigend beipflichten tat sie ihm dennoch. Und auch sie hätte es nicht länger ausgehalten.

»Wie geht es denn Jette?« Gläsing, dem nicht ganz wohl bei dem war was er plötzlich wissen wollte, fügte hinzu: »Erzählst nie was von ihr, seit sie weg ist!«

»Wird wahrscheinlich auch ihren Spaß haben ...«, antworte sie biestig. »Habs nicht gut hinbekommen. Die sollte eigentlich anders werden, als ihre Pissflitsche von Ziehmutter. Egal. Was hab ich erwartet? Dass sie sich eine Kussbremse aufsetzt und mit den Nonnen Rosenkränze rauf und runter betet?«

Als sie ihm vollkommen unvermittelt die Bettdecke herunterriss und sich auf ihn setze, spürte er nur ihr Gewicht.

Kapitel 3

Die Privatermittler geraten aneinander

Viel zu schnell hatten sie sie entdeckt. Das durch die Lappen gegangene Geld vor Augen mochte sich vor allem Klaus Pinkert über den Treffer nicht recht freuen. Saale, seinem mit mehr Vernunft bedachten Kollegen, plagte anderes. Indessen nämlich traute er dem seltsamen Alten noch weniger als es Pinkert tat. Alleine wegen der Genauigkeit nicht, mit der Bertram ihnen die Gesuchte schließlich beschrieben hatte. Nur so herausgesprudelt waren seine geschliffenen, präzisen Worte. Regelrecht gestrahlt hatte er dabei. Und das ohne eine Photographie? Welch festes Band musste doch zwischen dem meschuggen Doktorchen und seiner süßen Niftel bestehen. Saale konnte gar nicht anders, als den Dr. Jost Bertram für einen wahren Meister der Vorstellungskraft zu halten.

In Katies Pinte waren sie versackt. Wie jeden Donnerstag. Zwei bierselige Kumpanen, die sich beweinten die Volldeppen der Nation, mindesten aber Erfüllungsgehilfen eines alten Datterichs zu sein. Nach allem was sie von Bertrams angeblicher Anverwandten gesehen hatten, verstanden sie ihn jetzt besser. Viel besser!

Mit dem beharrten Handrücken wischte sich Pinkert den Bierschaumbart von der Oberlippe. Glasig waren seine Augen geworden, mit denen er ungläubig die neun Striche auf dem aufgeweichten Deckel betrachtete. Jede Menge Rauch durch sein rosarotes, mit blauen Äderchen durchzogenes Riechorgan blasend, drückte er immer wieder seine Chesterfield aus. Bis in dem schweren Ascher nur noch ein Gebrösel aus Tabak und Blättchen übriggebliebenen war. Seine sich geschwollen anfühlende Nase, die er manchmal für einen Säuferzinken hielt, juckte.

»War ja ein bärenstarker Auftrag ...«, motzte er vor sich hin. Reumütig glubschte er über den schimmernden Tresen, hinter dem Katie auch heute recht offenherzig, das pechschwarze Herr in einem Pferdeschwanz gebannt, stand und ihn böse anblitzte. Eine waschechte Wilhelmsdorferin, die man durchaus dem südamerikanischen Kontinent hätte zurechnen können. Wie er stets aufs Neue und natürlich im Sinne eines ehrlich gemeinten Kompliments befand. »Entschuldigung Gnädigste!« Pinkert brauste auf. »Aber warum stehen die scheiß Aschenbecher hier, wenn doch nicht mehr gepafft werden darf? Für die Kaugummis der verwichsten Zuhälter? Oder dürfen die in deinem Loch neuerdings wieder paffen?«

»Klaus ...!«

Unschuldig wie ein Lamm, schaute Pinkert neben sich. »Ja, Alois?« Wieder hatte er vor sich, wie sie da reichlich abwesend, als wäre sie auf einem Trip, gesessen und an ihrem Eis gelutscht hatte. »Hast … hast du die Beine von der Tusse gesehen Alois? Hast du die gesehen! Richtige Fick ...Warum sind wir nicht einfach hingegangen und haben sie ausgefragt? Das können wir doch immer noch richtig gut oder nicht? Warum …?«

»Würdest du mir freundlicherweise deine Aufmerksamkeit schenken?« Auch Alois Saale wurde zuweilen beißend spöttisch, beherrschte das aber weniger gut als sein aufgebrachter Kollege.

»Ich bin total Ohr mein Freund ...«, lallte Pinkert, an dessen Lippe ein Faden Spucke hing. Fordernd schob er sein leeres Bierglas über die Theke. »Eines machst du mir noch Katieschatz, ja? Dann bist du uns auch wieder los.« Er rülpste, bat so höflich wie schmierig um Entschuldigung, rülpste wieder und sogar noch stärker. Bitterer Sud schoss ihm die Galle hoch, dessen er sich am liebsten sogleich und wo auch immer hin entledigt hätte.

Katie warf Saale einen hilfesuchenden Blick zu. Als der kurz nickte nahm sie das Glas, hielt es widerwillig unter den Zapfhahn. Jeden anderen hätte sie bereits rausgeworfen. Die beiden aber, die zumindest bei ihr die Hände bei sich behielten, was ihr bei Saale sogar zuweilen leidtat, mochte sie. Egal wie besoffen sie auch manchmal waren. Was Pinkert anbelangte hatte der halt den Moralischen. Saale hatte ihr neulich die Sache mit Pinkerts davongelaufener Frau gesteckt. Überrascht war sie nicht gewesen. Das Pinkert rumhurte; auch das war an Katies mit falschen Klunkern bestickte Ohren gedrungen. Alle Männer hurten herum oder träumten zumindest davon, wenn die bessere Hälfte nicht mehr reichte. Was von ihrem Standpunkt aus betrachtet immer noch erträglicher war, als die jahrelang im Verborgenen gehaltene Geliebte.

Mit einem unwirschen »Hier ...«, stellte sie ihm den vollen Humpen, an dem der Schaum herunterfloss, vor die Nase. »Wohl bekommts, du alter Columbo.«

»Mercie!« Pinkert nahm einen Schluck und den nächsten. Leicht verlangsamt aber doch um Klarheit bemüht, wandte er sich wieder Saale zu. »Ich glaube du wolltest was sagen Alois ...«

»Ich wollte nur sagen, dass wir uns dahingehend sicher einig sind, dass das Mädchen nicht Bertrams Enkelin ist.«

»Nein, ist sie nicht«, knötterte Pinkert, der genauso wenig wusste, woher die Weisheit eigentlich rühren sollte. Gewiss nicht daher, dass jede Modelagendur die junge Dame mit Kusshand nehmen, sie in eine Boa gehüllt aber ansonsten splitternackt vor einen Photographen stellen würde. Welch merkwürdiger

88

Kontrast zum geistlichen Orte, in dessen Nähe sie, bewaffnet mit einer fetten Pastabox, kurz entschlossen angehalten hatten, und dass auch nur weil es im Auto nicht nach Nudeln mit Käsesahnesoße stinken durfte. Abermals stieß er auf. »Alois, hast du ihre Beine gesehen ...?«, fing er von Neuem an. »Ha … hast du ...«

»Klaus! Ich habe ihre Beine gesehen. Jeden Zentimeter habe ich gesehen. Vom linken und vom rechten Bein.«

»Du bist ein guter Freund.« Pinkert klang ergriffen. Sogar eine Träne löste sich aus seinem Auge. »… ein so guter … und was hast du schon alles mit mir durchgemacht ...«

»Hab ich ja, und weil ich das bin und weil ich denke, dass du genug hast und wir jetzt hier verschwinden sollten, bevor uns unsere Katie rausschmeißt und nie wieder rein lässt, gebe ich ihr dein Bier zur sicheren Aufbewahrung. Gebongt?«

»Nein!« Entschlossen viel seine Antwort aus. Zu spät. Über den Tresen hinweg hatte Saale bereits das Bier ins Waschbecken geschüttet, mit einer ausholenden Armbewegung den leeren Humpen über die Spülbürste gestülpt. »Schreib das auf meinen Deckel, Katie«, hörte Pinkert ihn im Flüsterton sagen, der ihm noch übler aufstieß als sein weggekipptes Helles. Mit wackligen Bewegungen rutschte er vom Hocker herunter. »Hast ja recht Kumpel ...«, sagte er an Saale gerichtet, der bereits im Gehen begriffen nun ebenfalls auf seinen Beinen stand. Die rechte zur Faust geballt schlug er zu. So feste schlug er zu, dass es erst Saale umhaute und dann ihn selbst.

Kapitel 4

Ein Frauengespräch

Jetzt war sie dreißig. Auch ihren runden Geburtstag letzten Mittwoch hatte Marie-Ambrosine für sich behalten. Hier nämlich interessierte sich niemand für Geburtstage. Weder für die eigenen noch für die der anderen. Bei ihr aber war es anders. Und je älter sie wurde, desto mehr Vergleiche drängten sich ihr auf. Aber nein, sie haderte nicht mit ihrem aus absolut freien Stücken gewählten Leben, in dem es eine unverrückbare Priorität auf den Vater, Sohn und heiligen Geist gab. Nicht zu vergessen das apostolische Glaubensbekenntnis, von dem gar nicht mal so klar war, ob sie sich überhaupt darauf berufen durften. Wenngleich sich dieses Leben mitunter auch völlig anders anfühlte, seit Jette bei ihnen lebte. Zwar befanden sich unter der Mitschwestern auch solche die das weniger rosig sahen; Marie-Ambrosine kümmerte es nicht. An ihr, an der ja doch alles hängen blieb, kam nämlich niemand vorbei. Auch die älteren nicht, die viel zu müde waren um sich durchzusetzen. Mochten ihre Anliegen auch noch so belanglos sein.

    Der Kontakt mit Freya Oesting oblag ebenfalls Marie-Ambrosine, die nicht bereit war das zu liefern, was Jettes Ziehmutter -ohne es je ausgesprochen zu haben- anscheinend von ihr erwartete: Informationen. Die Anrufe der resoluten Frau wurden zur nicht geringen Freude der Nonne auch immer seltener, fanden ein immer schnelleres Ende, wobei ihr Freya zunehmend unzufriedener, ja richtiggehend gereizt vorkam.

» ... *nein, Frau Oesting, hier ist alles in bester Ordnung. Wir alle hier mögen Jette wirklich gerne. Sie hilft uns sogar manchmal in der Küche!«*

»So, tut sie das ...?«

»Ja, sicher ...!«

Das mit der Küche hatte sie sich, bei ihrem letzten und bislang frostigsten Telefonat, spontan aus dem weiten Ärmel gesogen. Es existierte keine Küche mehr. Wenigstens keine in der gekocht wurde. Wenige Wochen nach Jettes Einzug waren die Schwestern des heiligen Bernadetto nämlich dazu übergegangen sich ihre Mahlzeiten von einem überaus preiswerten Essensservice anliefern zu lassen. Mit dem sie billiger wegkamen als mit der alten Zapke, deren hüftschiefes Geläuf, unter viel zu vielen Pfunden, sie kaum noch hatten mit ansehen können. Wenngleich das neue Essen auch nur halb so schmackhaft und weniger reichhaltig war. Bis heute sahen einige der Ordensfrauen in dieser für sie grundlegenden Veränderung den Anfang vom Ende ihrer Glaubensgemeinschaft.

Früh hatte es Schwester Marie-Ambrosine als besser erachtet nicht jeden von Freyas Anrufen Jette gegenüber zu erwähnen, die meistens mit vorgeblicher Gleichgültigkeit reagierte. Ein bedrückendes Gefühl musste es sein kontrolliert zu werden. Genau das war es nämlich: Kontrolle!

Hastig dampften die beiden Frauen an ihrem Glimmstängel herum. Ihre Erheiterung, über die sich immer wieder ängstlich umsehenden Nonne konnte Jette kaum verbergen. Ihre Nervosität allerdings auch nicht. Mir nichts dir nichts hockten sie nämlich nicht hier draußen. Wie sehr sie doch die Menschen, die ihr immerhin Obdach boten und dafür nur eine winzige Miete von 80 Euro kassierten (und das auch noch in bar), bisher gemieden hatte. Mit ihrer Großzügigkeit sorgen die Nonnen immerhin dafür, dass es finanziell nicht noch knapper wurde. Dass sie sich das kaum leisten konnten vermutete Jette nicht. Was sie vermutete war, dass die Kosten für das Zimmerchen eigentlich höher und der Rest von Freya bezahlt wurde. Sich diesbezüglich Klarheit verschaffen wollte sie allerdings nicht. Zu groß wäre der Ärger gewesen, hätte sich ihre Vermutung bestätigt.

Ohne nur einmal zu husten zog die Kanonissin, in immer kürzeren Abständen, an ihrem Geräuch, dass sie schließlich abrupt fallen ließ und gekonnt mit dem Absatz ihres Schuhs in die Erde drückte. Zur Sicherheit scharre sie noch Dreck darüber, wobei sie sich nicht minder geschickt anstellte.

»Genug von dem Teufelskraut!«, erklärte sie mit spitzbübischem Grinsen. Einen Arm auf die Lehne der Holzbank gelegt, blinzelte sie in die hochstehende Sonne hinein. Heute kam selbst ihr das Leben wie angehalten vor. »Du kannst aber gerne weiter rauchen. Für dich gelten die Ordensregeln ja sowieso nicht.« Vielsagend setzte sie hinzu: »Was dir sicher ganz lieb ist ...«

»Danke ...«, entgegnete Jette, die sich ertappt vorkam und womöglich auch deshalb plötzlich alle Zurückhaltung beiseitelegte. »Eine Nonne die raucht ist ...« Vergeblich am rechten Ausdruck suchend, entsorgte auch sie den Rest der Zigarette.

»Jesus hat sogar manchmal Wein getrunken«, sprang ihr die Schwester, in aufgesetzter Lebhaftigkeit, zur Seite. »Wenn auch aus anderen Gründen«, schob sie schnell nach, als ob es der Sohn Gottes nötig hätte verteidigt zu werden. Hatte er aber nicht, wie ihr im selben Moment natürlich klar wurde.

»Welche Gründe?«, fragte Jette, die die Antwort tatsächlich interessierte.

»Weil zur Zeit Jesu das Wasser in der Gegend um Nazareth nicht sehr sauber war«, antworte Marie-Ambrosine, in so erklärendem wie sympathischem Ton. »Wenigstens behaupten das Historiker. Klingt ja auch irgendwie plausibel. Ist ja alles auch schon so lange her. Selbst wir haben da drinnen nicht hundertprozentig sauberes Wasser. Um Kaffee oder Tee zuzubereiten reicht es aber.« Sie hielt inne. Ob es ein Fehler war sich einfach neben Jette gesetzt zu haben, die sie noch nie im Park getroffen hatte? »Da haben die Menschen und eben auch Jesu stattdessen entweder Wein oder Traubensaft getrunken. Die Bibel verbietet keinen Wein. Was sie ausdrücklich verbietet ist Trunksucht. Wohl auch nicht zu Unrecht ...«

»Geraucht wurde aber nicht.«

»Das weiß ich nicht.«

Jette wurde noch nachdenklicher. »Hatten sie auch mal einen anderen Berufswunsch als hier ...« Heftig errötend, setzte sie eilig hinzu: »Ich meine es ist wirklich herrlich, so richtig wie eine Oase ... drumherum gibt es doch nur lauter hässliche Häuser und Krach. Und erst der Verkehr ...«

»Was vermutest du denn?« Marie-Ambrosine drehte sich in Jettes Richtung. Wie das Mädchen roch!

Kein Vergleich zum strengen Parfüm, das auch sie manchmal auflegte, um dem Muff ihrer monatsweise wechselnden Kutten zu verdecken. Die beinahe Besessenheit mit der hier gespart wurde störte sie. Einen Waschsalon aufzusuchen traute sie sich nicht. »Du kannst ruhig sagen, was du denkst. Wir sind ja sozusagen unter uns.«

Genau das ist das Problem ..., dachte Jette, die ihre Handflächen aneinander rieb. Schließlich gab sie sich einen Ruck. »Ich denke sie sind sehr hübsch ... «

Marie-Ambrusine lachte auf.

»Du meinst ich bin zu hübsch, um eine Nonne zu sein.«

»So habe ich das nicht gemeint.«

»Schon ok aber danke für das Kompliment. Auch wenn ich mit dir sicher nicht mithalten kann.« Der Moment schien ihr günstig. »Das Verhältnis zu Freya ist nicht besonders eng oder? Aber wenn du nicht darüber reden willst.«

Jette starrte nach unten, hob ein Stöckchen auf mit dem sie in vorgeblicher Hingabe Kreise auf den Boden zeichnete. Viel lieber säße sie jetzt in ihrem Zimmer. Chatten. Ob es bis nach unten drang? Nicht immer gelang es ihr noch rechtzeitig eine Hand in den Mund zu schieben. Regelrecht gekrümmt hatte sie sich beim letzten Mal.

»Merkt man das?«, fragte sie besorgt, als könne sie sich die Antwort nicht selbst geben. Deshalb also waren sie hier.

Marie-Ambrosine, die es für besser erachtete schnell das Thema zu wechseln, knuffte Jette freundschaftlich mit dem Ellbogen.

»Hast du eigentlich keinen Freund? Kaum zu glauben, so wie du aussiehst ...«

»Sie meinen sicher, ob ich schon mal mit einem Mann geschlafen habe. Nein, habe ich nicht aber macht das einen Mann zum Freund?« Nicht sonderlich mochte sie die Seite, die sich gerade in ihr ausbreitete. Umso weniger als sie natürlich merkte, wie gut es die Schwester mit ihr meinte. Was das Thema für Jette nochmal so pikant machte. »... das dürfte hier ja kaum möglich sein ...«, patzte sie in unbeabsichtigter Schärfe, begleitet von einem abgeklärt wirkenden Lächeln, heraus. So eben noch schaffte sie es die Frage nicht an Marie-Ambrosine zurückzugeben. Die aber hatte keineswegs die Absicht sich provozieren zu lassen.

»Och ...«, hob sie denn auch in einem sehr, sehr leichten Tonfall an. »Mich persönlich würde das nicht sonderlich stören ...« Unvermittelt stand sie auf, strich ihren Habit zurecht, wünschte der verblüfft dreinschauenden Jette noch einen recht schönen Tag und ließ sie einfach sitzen.

Kapitel 5

Gute Nachrichten für Herrn Bertram

Von einem plötzlich einsetzenden Regenschauer überrascht war er eilig vom Wasser zurückgekommen. Sofort hatte er den Anrufbeantworter abge-

95

hört. Noch mehr sprachliche Hinterlassenschaften von Frau Marquardt. Zunehmende Besorgnis meinte er aus ihrer rauen Stimme herauszuhören. Womöglich befürchtete sie er hätte doch alle Zuversicht verloren, sich einen Handtuchstrick geknotet. Fast gebetsmühlenartig sprach sie doch von einem guten Bauchgefühle, welches sie gerade bei ihm habe. Anscheinend hatte sie keines, womöglich aber die Chuzpe ihm den psychologischen Notdienst auf den Hals zu hetzen. Es nicht zu tun könnte ja auf sie und ihren hervorragenden Ruf zurückfallen. Unter ihresgleichen nämlich galt Frau Marquardt als Koryphäe, als Star der Hamburger Seelenklemptnerszene. Das hatte er schnell spitzbekommen.

Die ach so netten Herren aus Oststeinbek hätte sich melden sollen, nicht sie! Der bereits angewiesene Abschlag von 400 Euro hätte durchaus auch höher ausfallen können, wenn, ja wenn es sich in seinem Falle um eine strafbare Verteidigungsarbeit drehen würde. Pinkerts diesbezüglichen Hinweis hatte der mittlerweile in erhebliche innere Unordnung geratene Kreiskämmerer a.D. stillschweigend zur Kenntnis genommen.

Herrn Bertram schaute durchs Küchenfenster. Im Sommer hatte er sie mitsamt Rollstuhl auf die kleine Wiese gestellt, die größeren Räder mit zwei selbst gefertigten Keilen blockiert, unendlich gerührt vom Wissen, wie sehr auch die dermaßen Gestrafte das wärmende Licht noch spüren musste. Es so empfand, wie es andere empfanden, die ein unmögliches Gewese um das unbedeutendste Zipperlein machten. So tapfer war Marjellchen gewesen, so herzzerreißend tapfer.

Er nahm den Bändel der Rollo in seine Hände, ließ ihn solange durch seine Finger gleiten, bis Licht nur noch durch die schmalen Ritzen der Jalousie drang. Langsam zog er die Schublade, neben dem Spülbecken, auf. Seine Hand fuhr hinein, ertastete den offenen Schnürbeutel und das was an kaltem, glattem Metall in ihm steckte. Wie absurd erschien es ihm aber, sich vorher noch einen Kaffee gemacht zu haben. Ein dünnes, bitteres Lachen entfuhr seinem Mund. Als es plötzlich an der Türe klingelte wurde das Lachen lauter und Herrn Bertrams Erleichterung riesengroß.

Sie wollten ihm etwas verkünden. Selbst am kalksteinweißen Gesicht von Pinkert erkannte er das. Saales über dem rechten Mundwinkel geklebtes Hansaplast, mit den blaurosanen Verfärbungen drumherum; auch das nahm Herr Bertram, dessen Herz nicht nur vor Erwartung auf Hochtouren pumpte, nicht sonderlich tragisch. Hinzu kam: Die Auffälligkeiten passten in das krude Bild, das er sich von ihnen gemacht hatte. Obwohl billige Klischees nicht seine Sache waren. Dafür hatten zu viele vor seinem breiten Bürotisch gesessen. Nur das Marjellchen nicht, die immer gesagt hatte ihn keinesfalls bei der Arbeit behelligen zu wollen. *Behelligen ...!* Aber sie war doch ...

»Wie haben sie denn meine ... ich meine, wie haben sie sie denn so schnell gefunden?«

»Guten Abend …« Saale, dem Bertrams unausgesprochene Enkelin jetzt richtig sauer aufstieß, blickte nach unten. »Ich hoffe wir stören sie nicht. Dürfen wir kurz reinkommen?«

Auch Pinkert grüßte den in der weit offenen Haustüre langsam zurücktretenden Herrn des Hauses, doch klang es weniger bestimmt. Richtig mies ging es ihm. Drauf und dran war er gewesen, seinen Kompagnon alleine fahren zu lassen.

Zögern gab Herr Bertram den Eingang frei, drückte die schwarze Aluminiumtüre sachte ins Schloss, nachdem die beiden eingetreten waren. »Entschuldigen sie meine Unhöflichkeit … das nimmt mich alles doch einigermaßen mit. Wissen sie, in meinem Alter stecken sie … Bitte einfach geradeaus weitergehen und stören sie sich bitte nicht an meiner Unordnung. Als meine Frau noch da war, war ich nicht so phlegmatisch.«

»Aber ich bitte sie! Sie brauchen sich doch nicht zu entschuldigen. Wir werden doch alle alt!«, führte Alois Saale leichthin und eher zur eigenen Beunruhigung aus, während er sich unauffällig umsah. Das Pinkert ihn schräg anpeilte bemerkte er nicht. Den ganzen beschissenen Pinkert wollte er nicht bemerken. Zumindest nicht in den nächsten drei Wochen, in denen sich der Suffkopp sein Frühstück selbst organisieren durfte.

»Nein, nicht alle werden alt …«, erwiderte Herr Bertram betrübt.

Drei Wochen Karenzzeit und sein Marjellchen hätte den Fünfundsechzigsten noch erlebt. Wenn man das bei ihr so nennen konnte. Entgegen aller

98

Warnungen, der allwissenden Damen und Herren in Weiß, hatte er sie, für den runden Geburtstag, nach Berchtesgaden karren wollen. Feiern, oder wenigstens so tun als ob. Nur sie beide. Noch einmal die Berge. Abschiedstour! Drei Wochen zu denen sich der Herrgott partout nicht hatte durchringen können. Herr im Himmel, sie hätte es doch gemerkt. Sie hätte es gemerkt!

Im Wohnzimmer angekommen setzten sich die Detektive nur widerwillig auf die ihnen verhalten angebotene Couch, wobei sie eine Armlänge Abstand voneinander hielten.

Alois Saale räusperte sich:

»Sie haben gefragt, wie wir ihre ... ihre Enkelin gefunden haben. Wie kommen sie darauf, *dass* wir sie gefunden haben?«

»Weil sie sonst vermutlich nicht hier wären.« Frostig setzte der Kämmerer a.D. hinzu: »Erst recht nicht ohne vorher anzurufen.«

»Soll das ein Vorwurf sein?«, platzte Pinkert heraus. Er kniff die Augen zusammen, rieb sich feste die in tiefe Furchen gelegte Stirn. Hörbar gemäßigter fügte er hinzu: »Wir waren sowieso in der Gegend ...«

»Und warum?«

»Müssen wir hier unsere Arbeit erklären oder was?!«

»Herr Bertram ...« Ruhig und bestimmt grätschte Saale seinem angeschlagenen Kollegen dazwischen. »Wir haben nicht viel Zeit! Also: Eigentlich haben wir ihre ... Enkelin nicht gefunden. Was wir haben ist zufällig jemanden gesehen, auf den ihre Beschreibung passt. Und zwar so gut, dass wir uns sicher

99

sind es kann sich bei der Person nur um ihre … Enkelin handeln.« Für ihn selbst einigermaßen ärgerlich rutschte es ihm noch heraus: »Ein reizendes …«

Da wollte man ihm beileibe nichts Neues verkünden. Bertram hob die Arme, ließ sie auf seine Oberschenkel fallen. Seltsam jung kam er sich dabei vor. Jung und überheblich. Wie jemand der auf alles eine Antwort zu haben glaubt und doch plötzlich auf andere angewiesen ist.

»Verfolgt oder beschattet haben sie sie aber nicht, oder was Leute wie sie so machen?«

Pinkert bis die Zähne zusammen. Was ihm prompt die nächste Schmerzattacke bereitete. Nein hatten sie nicht. Sie konnten aber doch noch ihre ehemaligen Kollegen aufsuchen, zu denen sie nach wie vor gute Kontakte pflegten. Sie würden es nicht tun. Der alte Grinch mochte ein bemitleidenswerter Idiot sein. Übergriffig aber würde der gute Herr Doktor bestimmt nicht werden. Er selbst aber *war* übergriffig geworden … Und nicht zum ersten Mal. Schuldbewusst blinzelte er seinen Dauerkollegen an. *Übergriffig* … Nannte man das jetzt so?

Wieder riss Saale, der das hier so schnell wie möglich hinter sich bringen wollte, die Konversation an sich.

»Nein, haben wir nicht«, flunkerte er, dem es nicht minder schwergefallen war das kleine Fernglas, das er für den Fall der Fälle immer an einer Gürteltasche mitführte, herunterzunehmen. Solche Beine hatte nämlich auch er noch nicht gesehen. Selbst die Nutten im Red Palace, die sie früher regelmäßig und mit eini-

100

ger Genugtuung hoppgenommen hatten, waren da keine Konkurrenz.

»Warum nicht?« Jost Bertram wurde bockig.

»Interessiert es sie überhaupt nicht, wo wir ihre … gesehen haben?« Nein, nicht oft hatten sie sich mit jemandem wie Bertram herumschlagen müssen.

Der nahm seine ungebetenen Gäste unverhohlen ins Visier.

»Selbstverständlich interessiert es mich. Was denken sie? Sonst hätte ich sie mit der leidigen Angelegenheit nicht betraut.«

»Interessen können sich ändern, Herr Dr. Bertram ...«, entgegnete Saale, in herausfordernder Gelassenheit. Auf der Stelle scheißen könnte er auf diesen ja freilich hochgebildeten Mann. »Gerade wenn … na sagen mir mal die eine oder andere Einsicht doch noch ins Spiel kommt ...«

Die sie von mir sicher nicht erwarten können, dachte Bertram, ohne jede Versuchung, das auch auszusprechen.

Kapitel 6

Jette leistet Abbitte

Vom gelegentlichen Vorbeifahren kannte er die schmucklose, direkt am Daseler Park gelegene Wohnanlage, die ihm immer erschienen war wie eine

101

aus den sechziger Jahren übriggebliebene, halbherzig auf Vordermann gebrachte Arbeiterunterkunft. Nur die zahlreichen wunderschönen Bäume, mit ihren üppigen Kronen, passten nicht ins Bild. Die Frauen, unter denen sich, wie ihm schnell aufgefallen war, auch eine jüngere, recht ansehnliche befand, die dort bei jedem Sauwetter, geschützt durch einen aberwitzig kleinen, schwarzen Regenschirm, gesetzten Schrittes umhergingen befremdeten ihn. Sein wummerndes Auto auf Schrittgeschwindigkeit heruntergebremst hatte er ihnen, über eine stets akkurat getrimmte Hecke hinweg, mehr als einen verständnislosen Blick zugeworfen. In ihrer offensichtlichen Versunkenheit dürften sie es kaum bemerkt haben.

Was in dieser Angelegenheit sonst noch anzumerken gewesen war hatte er eben noch schnell, in für ihn ungewöhnlich knapper Form, seinem Glückstagebuch anvertraut. Mochte in dem auch nicht eine Zeile echten Glücks zu finden, ja schlimmer noch alles doch nur einer reichlich kindisch anmutenden Maßnahme a' la Isolde Marquardt geschuldet sein; als er von der nur noch spärlich befahrenen Schnellstraße herunter auf den leeren Parkplatz des Discounters steuerte machte sich tatsächlich eine kleine Dankbarkeit in ihm breit. So manch abgrundtief miese Stunde hatte ihm der in immerhin echtes Leder gehüllte Notizblock erhellt. Vielleicht würde er sich nachher doch wieder davorsetzen.

Mitten auf den zahlreichen, leeren Stellflächen stehend schaltete er den Motor aus. Ungläubig starrte er durch die Windschutzscheibe. Irgendwo da drüben hinter der dichten Baumreihe, durch die ein einziges, von einem der nur in verwaschenen Schemen erkennbaren Gebäude herrührendes Licht hindurch schien, wollten seine speziellen Freunde Jette also gesehen haben.

Viel zu lasch war er mit ihnen umgegangen, hatte sich vielleicht sogar von den kernigen Mannsbildern einschüchtern lassen. Bei Marjelle wäre ihnen das niemals gelungen. Die hatte Biss gehabt, viel Biss. *Marjelle ...?* Wann hatte er sie zuletzt so genannt?

Da wollte er weiß Gott jetzt nicht drüber nachdenken, nein, nein, das schaffte er jetzt nicht. Stattdessen ging er langsam los. Quer über den weitläufigen, ihm noch nie so groß vorgekommenen Parkplatz schlich er, direkt auf die Hecke, die Bäume und das sich an Blättern und Ästen brechende Licht zu. Als er vor sich eine anscheinend neu bepflanzte Böschung erkannte blieb er, nicht wissend wie er da mit seinen ausgelatschten Tretern hinaufkommen sollte, abrupt stehen. Herr Bertram wirkte verblüfft.

»Da musst du jetzt hoch, Jost ...« Er blies in die Backen. Mit angewinkelten Armen fing er an zu trippeln. Wie von der Leine gelassen, stob er nach vorne. Die Hälfte der immer steiler werdenden Schräge hinter sich gelassen drohte er auf dem feuchten, losen Erdreich abzurutschen. Keuchend hielt er sich an den kleinen Sträuchern fest. Schwer atmend schaffte er es schließlich doch hinauf zu kommen. »Das hätten wir ...«, hörte er sich sagen. Als er erkannte wie schmutzig seine Schuhe geworden waren, schickte er noch ein leises »Mist ... « hinterher. So oft hatte es sein Marjellchen in den Mund genommen. Ohne dabei anders als einnehmend zu wirken.

Eilig streifte sie sich ihr Nachthemdchen über. Kaum über die Hüften reichte es ihr. Darunter zog sie noch ihren cremefarbenen Slip, dessen leichte Durchsichtigkeit ihr immer sympathischer wurde. Bekam doch eh niemand mit. Auch nicht im Waschraum, mit seinen vorsintflutlichen Automaten, in denen sie nur ihre Alltagsoberwäsche und die Blusen vom Kellers wusch. Und auch nur dann, wenn sie sie sich sicher war ungestört zu bleiben. Der Rest wanderte, zusammen mit viel Universalwaschcreme, in das kleine Waschbecken in ihrem Zimmer. So behalf man sich eben, wenn man gewisse Rücksichten zu nehmen hatte.

Mit nackten Füßen trat sie leise auf das speckig aussehende Linoleum hinaus. Kalt war ihr. In den verzweigten, schmalen Fluren waren die wenigen Gussheizkörper die meiste Zeit heruntergedreht. Wenn sie überhaupt noch funktionierten. Wissen tat das anscheinend niemand. Sie aber würde gewiss nicht diejenige sein, die es ausprobierte.

Jette starrte die sich in drei engen Wendeln schlängelnde Treppe hinunter. Unten brannte noch eine der künstlichen Wandkerzen, neben der ein metallenes Bild der gefalteten Hände hing. Deutlich vernahm sie das Geklapper einer Tastatur. Unter den treuen Gehilfinnen des heiligen Bernadetto waren nicht viele, die auf Jette Oesting den Eindruck machten mit einem Computer umgehen zu können. Genaugenommen nur eine. Und der wollte sie jetzt unbedingt etwas sagen. Heftig schlug es hinter ihrer Brust, was bei ihr normalerweise andere Ursachen hatte.

»Was macht denn eigentlich deine Ausbildung?« Marie-Ambrosine hielt inne. Irgendetwas hatte sie draußen gehört. »Lange ist es ja glaube ich nicht mehr bis zu den Prüfungen. Kauf dir dann jede Menge Traubenzucker. Gibt Energie!« Routiniert fuhr sie, die sich weder die bereits den ganzen Tag über anhaltende Unruhe noch ihre Überraschung anmerken lassen wollte, den Rechner herunter, nahm das Gerät sogar vom Netz, in dem sie unter den Schreibtisch kroch und den Kippschalter umlegte. Sie seufze. »Manche Leute denken so ein Orden verwaltet sich von selbst oder dass ...« -mit Kopf und Zeigefinger deutete sie aufwärts, als säße der Allmächtige auf dem Dach- »... der da oben das schon irgendwie richtet. Tut er aber nicht. Warum sollte er auch?«

Das wusste Jette, die immer noch schwieg, auch nicht. Seit sie mit Freya hier unten gesessen und sich wie Pöttchen Doof vorgekommen war hatte sie Marie-Ambrosines Büro nicht mehr betreten. An jenem Tage war sie dann noch, unter den missbilligenden Blicken der quirligen Ordensfrau, von Freya vor die Türe geschickt worden (»... *wir rufen dich, wenn du wieder rein kommen darfst ...*«). Da war es wohl noch um ein paar überaus wichtige Detailfragen gegangen.

Die Schwester hatte sich wieder hingesetzt. Sie schob die Tastatur zur Seite, stützte die Ellbogen demonstrativ auf die Schreibtischplatte, verschränkte die Hände ineinander. Trotz ihrer Müdigkeit strahlte sie. Ein Strahlen dessen Ursache ihr nicht gefiel.

»Na, was ist …?«, fragte sie, mit vielsagendem zwinkern. »Du kommst sicher nicht so spät noch hier an getigert, um mir bei der Arbeit zuzusehen. Kannst du nicht schlafen?«

»Nein, ich meine … ich meine ich bin nicht hier um ihnen bei der Arbeit zuzugucken … ich will sie auch nicht stören oder so.« Eifrig nickte Jette, mit dem bereits wieder warm gewordenen Kopf.

»Keine Bange, tust du nicht. Was ich hier mache ist auch nicht besonders spannend. Zum Glück sind wir keine besonders große Gemeinschaft. Sonst wäre der Verwaltungsaufwand wahrscheinlich größer und wir müssten uns noch jemanden anstellen. Jemanden wie dich zum Beispiel.« Abermals zwinkerte sie. »Also, was ist ...?«

Wieder und wieder strich sich die so nett bedachte, die im Stillen so willkommen geheißene, eine Locke aus der Stirn. Was einem merkwürdigen Rhythmus gehorchte. Schließlich holte sie ordentlich Luft und sagte mit bester Zerknirschung:

»Ich war nicht besonders höflich heute im Park ...«

Marie-Ambrosine schluckte.

»Glaubst du, dass ich das von dir erwartet habe? Du brauchst vor mir... ich meine vor uns nicht zu Kreuze zu kriechen, nur weil wir dich hier wohnen lassen. Mach dir nicht so viele Gedanken. Ist nicht gut.« Die Nonne stand auf, trat um den Schreibtisch herum an Jette heran. »Weißt du ...«, hob sie mit unruhiger Stimme an. »Menschliches Miteinander kann

106

einfach sein, wenn man keine übertriebenen Anforderungen an den anderen stellt.«

»Ich hab mich doch echt benommen, wie ein Stück Scheiße!« Warum sollte sie die Dinge nicht beim Namen nennen? »Woher weiß ich denn, was eine übertriebene An ...«

»Pssssst ...!« Marie-Ambrosine presste ihren Zeigefinger an den Mund, machte mahnende große Augen. Fast musste Jette, die sich schon besser fühlte, lachen. »Hört sich an als würde sich die Saubande wieder an unseren Mülleimern vergreifen. Langsam reichen mir die Späße der Jungs.« Sie stutzte. »Aber um diese Uhrzeit ...«

Die Nonne sah zum Fenster, an dem die Vorhänge nur zur Hälfte zugezogen waren. Sie mochte das Lichtermeer, die zahllosen beleuchteten Scheiben, hinter denen sich wahrscheinlich so manch kleine oder größere Tragödie abspielte. Auch wenn ihr die Menschen dahinter endlos weit weg vorkamen. Lauter voneinander getrennte Leben.

»Was sind das für Leute?«, erkundigte sich Jette, die nicht unglücklich über die unerwartete, sie wesentlich entspannter machende Wendung des Gesprächs war. Sie selbst allerdings hatte nichts gehört.

»Itaker, Polacken, was weiß ich.« Mit einem Ruck, zog die Nonne die Gardinen zu. »Wohnen da hinten im Clauserviertel.«

»Bitte ...!?«

»Oh Gott ...« Marie-Ambrusine, die sich schlagartig umgedreht hatte, schlug die Hände vor ihr farblos gewordenes Gesicht, dem die Schläfrigkeit nun deutlich anzusehen war. Ihr Tag begann um fünf, mit der Morgeneinkehr. Das spürte sie immer öfter. Was sie beunruhigte. »Ich bin wohl heute nicht recht bei Trost!«, sagte sie mehr zu sich selbst. Wodurch nichts besser in ihr wurde. Der Polack stand im Raum, der Itaker. Aber es waren doch nur Kinder. Kinder, die sie nicht halb so verwirrten wie ihr Gast, der keinerlei Anstalten machte sich zurückziehen, stattdessen wieder völlig in sich gekehrt feste über ihre nackten Schenkel strich. »Musst du eigentlich morgen nicht arbeiten?«

»Nein ...«

»Warum nicht?«

»Ich bin am krankfeiern.«

»Bist du denn krank?«

»Nein … ich brauche Zeit für mich.«

»In Ordnung. Ach übrigens ...«

Jette merkte auf.

»Ja ...?«

»Deine Entschuldigung ist angenommen.« Ein gütiges Lächeln umspielte den Mund der Ordensfrau. »Jetzt sollten wir beide aber fein schlafen gehen. Mein Gute-Nacht-Gebet wird glaube ich heute um einiges länger ausfallen.« Was sie sich insgeheim anders wünschte. So abwertend war das mit den Polacken nämlich auch wieder nicht gemeint. In der Elbauesiedlung, deren Namen gefälliger klang als es die Realität einer Kindheit in einer ehemaligen Fischkistensiedlung gewesen war, kannte man keine anderen als solche Bezeichnungen, die sie vielleicht deshalb viel zu lange nicht hinterfragt hatte. »Betest du eigentlich auch vor dem Schlafengehen?«

»Manchmal. Aber fragen sie besser nicht wofür ...«

Das hatte Marie-Ambrosine auch nicht vor.

Kapitel 7

Die kleine Frau Sonneberg

Auch Kika hatte noch kein Auge zugetan, lag nur herum. Immerhin aber gut versorgt mit Grippemitteln, Nasespray und allen möglichen exotischen Teemixturen, unter denen auch ihr geliebter Oalong Fujian Tee war. Langsam ging es ihr besser.

Am besten aber ging es ihrem Ärger.

Laut schniefte sie in ihr Taschentuch, in das sie im nächsten Moment zweimal kräftig nieste.

»Fuck ...!«

Nicht eine Nachricht von ihr, keine Antwort auf ihre so freundlichen, bei näherem Besehen recht duckmäuserisch formulierten Simsen. Platzen könnte sie, die sich nicht traute die Sache frontal anzugehen. Im Kellers dufte sie sich nicht blicken lassen. Das fühlte sie. Fett und Feinkost vertrugen sich nicht. Vollkommen genügt hätte ihr doch ein einfaches, nettes, wenigstens halbwegs ehrliches »Gute Besserung und qualm gefälligst nicht im Bett!« Wie Jette manchmal so lax redete, wenn sie gute Laune hatte. Was selten genug vorkam. Kika Sonneberg aber dachte gerade jetzt nicht daran, die Pafferei bleiben zu lassen. Auch wenn sich der blaue Dunst in ihrem schmerzenden Rachen einfach nur zum kotzen anfühlte.

Jemanden geangelt hatte sich Jette endlich für die Kiste, war vielleicht sogar schockverliebt. Wie Kika es immer ausdrückte, wenn sie so tat als würde sie die Verliebtheit anderer als putzige Kinderei betrachten, die man nicht ernst zu nehmen brauchte. So einfach aber würde sie sich nicht abservieren lassen. So hätte sie es ihr eben beinahe geschrieben. Brühwarm, frei Schnauze. Einfach raushauen den Frust. Auch Scheiße konnte zäh sein. Andere beste Freundinnen zogen für ein paar Monate, wenn nicht sogar für Jahre, in eine gemeinsame Bude, teilten sich Miete, eine Menge Spaß und vollgedröhnt bis unter die Schädeldecke womöglich sogar den Kerl.

Mit ihren einhundertundsechzig Zentimetern, endete ihr Körper dort, wo Jettes Brüste begannen. Eine Tatsache die Kika Sonneberg erheblich störte. Weil sie keinen Schimmer hatte, wie sehr es Jette störte, die sich in diesen und anderen Fragen ihrer und anderer Leute Erscheinung nur selten äußerte. Ihre begnadet hübsche Freundin hatte es nicht nötig, dankte vielleicht sogar wem auch immer für eine Kika Sonneberg, die sich in ihrem an durchdringenden Erlebnissen seltsamerweise nicht unbedingt reichen Leben tummelte. Eine Kika, die sich für Jette Oesting die Hand abhacken lassen würde und sich doch abends alleine und traurig ins Bett verkroch. So wie sie gerade jetzt besonders alleine und traurig war. Sie selbst nämlich äußerte sich auch nicht. Würde niemals nur ein Sterbenswörtchen verlauten lassen. Nur um womöglich zu erleben, wie am Ende eines erschreckend klärenden Gesprächs der Kontakt auf der Strecke blieb. Kika kannte nämlich den Ort, an dem sie sich im Gesamtbild befand. Ihre Bedürfnisse schmälerte es nicht.

Ob Jette vielleicht doch ein Problem damit hatte? Aber sie -Kika Marie Sonneberg- war doch keines von diesen fürchterlichen Weibern, die vor lauter Fettpolstern kaum noch ein Wasserbein vor das andere bekamen, dafür aber umso selbstbewusster auftraten und von jedem Dahergelaufenen Nachsicht erwarteten. Schließlich waren sie Opfer einer heimtückischen, unheilbaren Krankheit, die Kika das Bitte-mit-Sahne-Syndrom nannte.

Wie sie unter ihrer dicken Wolldecke noch mehr zu schwitzen begann, verzieh sie sich ihre bitterböse, ja sicher tief verletzende Gehässigkeit, die schließlich nicht oft aber dafür heute ganz besonders in ihr durchschlug. Auch sie erwartete schließlich Toleranz, die sie alleine deshalb nicht bekam, weil es außer Jette niemanden gab, der sie hätte nehmen können.

Sie kam doch zurecht, mit ihren fast 80 Kilo. Am besten auf ihrem bläulich qualmenden, mit ihren eigenen schwülstigen Händen auf fast sechzig Stundenkilometer frisierten, pinkfarbenen Roller. Das letzte Geschenk ihres Vaters, bevor ihn der gesunde Sinn endgültig verlassen hatte und der Richterbeschluss zur Einweisung eingetrudelt war. Jetzt verlor der Hinterreifen des Mopeds Luft. Bus und Bahn fuhr sie nicht. Ihrem empfindlichen Gleichgewichtsorgan sei Dank machte sie die Schaukelei nämlich schwindelig. Sie verabscheute das Gefühl der Übelkeit. Auf ihrem motorisierten Zweirad, wenn sie das Visier ganz weit

111

nach oben schob und ihr der Fahrtwind so richtig ins Gesicht blies, empfand sie anderes.

Kika zog sich die Bettdecke über den Kopf, unter der sie ihren viel zu kleinen BH ablegte, der sie ja doch nur zwickte.

Kapitel 8

Im Zug

Wie es sich anfühlen mochte, wenn man nur mit den Fingern schnippen und warten brauchte, bis ein besonders ansehnlich geratenes Vögelchen piepsend ins Nest flog und dort mindestens bis zum nächsten Morgen blieb? Nicht erst seit jener Frau, deretwegen er gestern nicht unbedingt leichten Herzens seinen wertvollsten Besitz veräußert hatte, stellte sich Henner Berg die ihm doch sehr gefallende Frage -die ihm nichts leichter machte. Auch nicht die von Freude bestimmte Erwartung, auf das was am Schluss nicht freudig werden würde. Nett und wenn es sich fügte unzüchtig chatten war eine Sache, den Vorhang der eigenen Unscheinbarkeit zu heben eine andere. Er aber war bestimmt nicht derjenige der auf der Bühne stand, auf der er selbst als Statist nicht genügte. Seine Courage aber bewunderte er.

Nach einer ätzenden Bummelei hatte er sein in alle möglichen Vororte zerfleddertes Städtchen endlich hinter sich gelassen und hoffentlich bald auch die morgendliche Dunkelheit. Blieben noch sieben

Stunden. Sieben Stunden und sechs Umstiege. Wenn sich nicht so ein armer, vom Leben noch mehr verarschter Tropf auf die Gleise legte oder die Lok, mitten in der Pampa, den Geist aufgab würde er gegen halb zwölf in Hamburg ankommen und das, wie ihm schwante, vollkommen fertig.

Sein höchstens zehnminütiger Aufenthalt, in der erst neulich eröffneten Pfandleihe, hatte ihm 45 Euro und ein böses Gefühl des Ausgeliefertseins beschert. Sicher, es gab Schlimmeres. Doch passte Henner die unterwürfige Haltung nicht, die er dem nach Tabak und herben Aftershave duftenden Gangster, dem die altersgrauen Brusthaare nur so aus dem offenstehenden Hawaihemd gequollen waren, gegenüber an den unbeständigen Tag gelegt hatte. Wurde er doch eh dem stärker werdenden Empfinden nach kleiner und kleiner, duckte sich immer öfter weg. Bei jeder ihm bedrohlich erscheinenden Gelegenheit duckte er sich weg. Leben konnte auch Überleben bedeuten. Bevor der überraschend freundliche Gerichtsvollzieher Bonkamp zum ersten Mal bei ihm gewesen war, hatte er es weit von sich gewiesen.

In vier Wochen würde er bestimmt nicht genug Kohle im Säckel haben, um sein altgedientes Notebookschätzchen zurückzukaufen. Immerhin durfte er es dann durch die dreckige Schaufensterscheibe angucken, hinter der es aufgeklappt lag, umgeben von vorsintflutlichen Stereoanlagen, Telefonen und Faxgeräten. Alles Schrott, für den sich niemand erwärmte. Das hatte der Schrott mit ihm gemeinsam. Den Deibel würde er tun! Irgendwann bekam er ein neues. Ein neues gebrauchtes. Gebrauchte Dinge genügten.

Manchmal lohnte sich die Warterei eben doch. Umso mehr, wenn sie mit Vorfreude und Zuversicht einherging. Henner Berg, der beim überlegen all dieser Dinge unentwegt aus dem Zugfenster gaffte, begriff Leute nicht, die es verstanden der unerfüllten Sehnsucht eine positive Seite abzugewinnen.

»Ist das vor ihnen ihr Rucksack?«, drang plötzlich eine so nachdrückliche wie weibliche Stimme an seine Ohren, deren doch sehr spezieller Klang ihn aufhorchen ließ.

»Ja ...«, antworte er, der sich nach seiner gestörten Versunkenheit wie nach einer Narkose vorkam. Langsam löste er sich von der unangenehm an seiner Schläfe vibrierenden Scheibe, von der sein Blick immer schneller hin und her sprang. Ruck zuck setzte er sich vernünftig hin, schob die Beine unter den Sitz, weil ja auch sie schließlich ihren Platz brauchte. » ... ist mein Ru ... wenn er sie stört ... «

Schwerer als beabsichtigt war ihm der Tonister geraten, in dem neben drei unbelegten Brötchen auch eine Flasche abgeschmackter O-Saft steckte. Trinken war wichtig, mahnte seine Mutter an fast jedem Sonntag, an dem er sie besuchte. Die fette Schiller-Biographie, die er sich abends genau zwei Seiten lang laut vorlas, um die Stimmbänder in Gang zu halten, hatte er aber nicht dabei. Im Zug konnte er nicht laut lesen. Und jetzt, wo er Gesellschaft von einer so schönen Frau bekommen hatte erst recht nicht. Was sollte sie denken? Verstaut war allerdings seine Fahrradhose, wie auch die neongelben Gamaschen. Von früher wusste er, wie launisch das Wetter im Norden sein konnte. Hinzu kam: Henner Berg liebte seine Gamaschen.

»Ja, ich würde mich auch gerne ans Fenster setzen ...« Mit viel Igittigitt im Gesicht und ohne seine Erwiderung abzuwarten hievte sie das Teil herunter, stellte es auf den Sitzplatz neben ihm. Widerwillig nahm sie langsam Platz.

Drauf und dran war sie sich ein anderes Abteil zu suchen, hatte er, neben all dem anderen sie abstoßenden, eindeutig Züge eines Nerds. Ein Nerd ohne Pickel, bei dem sie sie sich nicht sicher war, ob er nicht für lau fuhr. In vorgeblicher Konzentriertheit auf ihr Tablett blickend, welches sie rasch aus ihrer Umhängetasche gezogen und auf ihrem einladenden Schoß aufgeklappt hatte, schmunzelte sie: Es gab Leute, die niemals nur in die Nähe des Baumes mit dem grünen Zweig kamen. Sehr sehr auffällig nestelte sie an ihrem im großzügigen Ausschnitt baumelnden Goldkettchen herum. Doch nicht nur mit dem wollte sie spielen, so wie sie drauf war, seit sie in München aus dem gecharterten Flieger und in den Zug gestiegen war. Niemand trieb sie, niemand vermisste sie. Das hier war ihr Monopoly. Noch niemals zuvor war sie Zug gefahren.

Immer aufdringlicher starrte Henner sie an. Doch kaum standhalten konnte er ihren in aller Unschuld aufsehenden Augen, seine weit aufgerissenen aber auch nicht abwenden.

»Stimmt etwas nicht mit mir ...?« Ihre Hand überstrich die hochtoupierten Haare, die von einem türkisfarbenen Medusa-Hair-Clip zusammengehalten wurden, der nicht das teuerste Exemplar in ihrer dreizehn Stücke zählenden Sammlung exquisiter Haarspangen war. Wohl aber jenes, auf das sie in Momenten der Eile gerne zurückgriff. Eilig aber hatte sie es nur selten.

»Nein … nein …natürlich nicht ...« Rasch wandte sich Henner wieder zum Fenster, von dem er erschrocken zurückschnellte, als unvermittelt ein in die andere Richtung fahrender ICE vorbeischoss.

»Passen sie besser auf. Gleich kommt ihnen die Scheibe entgegen.«

»Die würde sie dann auch treffen«, vernahm er sich erwidern und wie gefiel ihm doch der zielsichere Konter, der noch dazu eine Frau, eine wahnsinnig sexy aussehende, reife Frau traf. Jetzt aber ließ er die aufdringlichen Blicke, schaute umso interessierter in die vorbeirauschende Landschaft hinein, die ihr Gesicht nicht schneller wechselte als seine hierhin und dorthin schießenden Gedanken. Nur sein Gefühl blieb an einer Stelle.

Sie dagegen schrieb und las, schrieb und las, wobei sie zwischendurch immer wieder mit dem langen Finger betont über ihre dezent geschminkten Lippen strich. Reichlich beschäftigt wirkte die propere Dame auf ihn, die schließlich in gnädiger Beiläufigkeit erklärte:

»Sie machen mir den Eindruck eines Mannes, der mir sicher erklären könnte warum in unserem kuscheligen Abteil die Internetverbindung so schlecht ist.«

»Darf ich mal sehen?«, fragte Henner.

Schnell hatte sie das Tablett herumgedreht, in den Modus der Entnervten geschaltet, die mit ihrem Latein restlos am Ende ist.

»Sehen sie, wie schlecht die Bilder laden? Sehen sie? Dann hätte ich mir besser einen Katalog mitgenommen.«

Gibt es so was überhaupt noch?, dachte Henner spöttisch.

Fachkundig wie er nun einmal war sah er es, sah auch ihr hundsgemeines, vor Überheblichkeit triefendes Grienen, während er sich so weit nach vorne brachte bis seine Arme fast ihre schlanken, langen Beine berührten, sah die sich auf dem Bildschirm allmählich vervollständigende Nixen, von denen eine brauner und schlanker als die andere war. Allesamt ausgestattet mit Visagen, die auch nicht lebendiger wären, wenn sie sich im lustigsten Theater der Welt, in der vordersten Reihe, befänden. Er kannte es doch. Die Obernixe war augenscheinlich älter, deshalb aber nicht minder reizvoll. In der Hauptsache aber eine anscheinend abgrundtief schlechte Person, die sich, unter Zuhilfenahme schlüpfriger Badeleibchen, über ihn ergötzte.

Henner lehnte sich zurück, verschränkte seine schlaksigen Arme hinter dem Kopf, setzte eine wichtigtuerische Mine auf.

»Ich fürchte …«, setzte er, ohne viel Angst vor seiner launigen Sprache, an. »Ich fürchte da können wir nicht viel machen. Das Problem ist der Zug selbst, der wie ein faradayscher Käfig wirkt. Da kommen die Funksignale bei ihnen nur geschwächt an. Da kommen auch noch andere Dinge hinzu, zum Beispiel die Bewegung des Zuges. Das sind halt keine guten Voraussetzungen, für einen ungestörten Empfang.« Für seine flüssig vorgetragene Antwort, die auch wesentlich detaillierter hätte ausfallen können, hätte er ihren Computer nicht gebraucht. Als er hinzufügte »aber keine Bange, sie bekommen bestimmt ihre Badesachen ...« war es sein Mund, den ein entsprechendes Grinsen umspielte.

»Wissen sie ...« -mehrfach hintereinander schnalzte sie mit der Zunge- » ... wissen sie, was eine sinnliche Erfahrung ist?«

»Vielleicht der digitale Kasten auf ihrem Schoß«, antwortete Henner ungerührt, den plötzlich eine gewaltige Schläfrigkeit umfing, mit der er gerade in diesem angespannten aber alles andere als uninteressanten Moment überhaupt nicht gerechnet hätte. Er gefiel sich, gefiel sich als jemand, der sich wehrte. »Zumindest für sie...«, setzte er dann noch, die Schläfe wieder an die Scheibe lehnend, leise aber bestimmt hinzu. Sekunden später war er eingeschlafen.

Als er nach über einer halben Stunde, die Gliedmaßen bis zur Lächerlichkeit verbogen, aufwachte war sie verschwunden, und dort wo sie gesessen und ihr Parfüm und all das Gift versprüht hatte -es erstaunte ihn nicht- saß auch keine andere der Wohlgeratenen. Dann entdeckte er den in einer Ritze steckenden Zettel, der ihm sogleich verriet: Ihn und nicht in der besten Weise musste es betreffen.

Zögernd zog Henner das Papier heraus, strich es sorgfältig auseinander. Aufgeregt las er:

Du bist ein kleines Klugscheißerchen. Umso erstaunlicher, was für ein Penner aus dir geworden ist. Du würdest dir doch die linke Hand abhacken lassen, wenn du mir mit der rechten nur einmal zwischen die Beine packen dürftest. Darfst du aber nicht!!! Niemals darfst du das!!!

Kapitel 9

Der Schwester Offenbarung

Klackernd und schlurpend verschwand auch der letzte Dreck von den grauen, schlecht verlegten Teppichfliesen. Erleichtert schaltete Jette, die sogar beim Aufstehen kurz an Kika gedacht hatte, den kreischenden Sauger aus. Für ein besseres Modell reichte ihr Geld nicht. Was für sie noch lange kein Grund war Freya anzupumpen. Auf anklagende Einlassungen wie »du meldest dich auch nur noch bei mir, wenn du was brauchst« oder noch was Gemeineres konnte sie gerne verzichten. Um Zugeständnisse kam sie also nicht umhin. Einer davon war lauter als eine startende Boeing.

Immer hippeliger werdend stellte sie das lärmende Gerät in die Ecke, nahm das auf dem Fenstersims stehende Plastikweckerchen in Augenschein, dessen leises Ticken sie noch nie gestört hatte. Jetzt nervte es sie. Viertel vor drei! Verspäten würde sich die sympathische Schwester garantiert nicht. Gemessen am Grad ihrer Unruhe kam es ihr beinahe so vor als würde einer der Kellers Oberen höchstselbst seine

119

Aufwartung machen, um zu sehen wie die Vorzeige-
azubine lebte.

Etwas betreten blickte Marie-Ambrosine in Jettes
noch größer gewordenen Augen, in denen sie meinte
das Wasser stehen zu sehen. Richtig leid tat sie ihr.

»In drei Tagen gehts los, ja. Knapp vier Wochen werde ich weg sein… Schwester Franziska wird
mich vertreten.« Jetzt fing sie die Plapperei an:
»Wenn man das überhaupt so nennen kann. Was ich
hier alles mache oder so hat ja nichts mit einer offizi-
ellen Position zu tun. Ich mache es einfach. Erstens
weil es sonst keiner macht und zweitens weil es mir
Freude bereitet. Na ja, manchmal jedenfalls.«

Jette war das vollkommen wurschd. Mit einem derartigen Verlauf des Besuchs der Schwester,
die sich in der Tat keine Minute verspätet hatte, hätte
sie nie gerechnet.

*... muss mich halt Herr Bertram jede Woche
zum Kaffee einladen ...*

Von etlicher Geringschätzung war der Gedanke bekleidet. So schrecklich aber war es bei ihm auch
wieder nicht gewesen. Und betrachtete sie es ehrlich
war sie doch eine genauso arme Sau wie dieser Opa,
der wahrscheinlich vor lauter Alleinsein jeden Gras-
halm einzeln zurechtschnitt. Er war kein Opa. Genau
so wenig wie diese Frau, auf die sie sich so gefreut
hatte, nur eine allem Weltlichen abgeneigte Nonne
war. So viel hatte sie immerhin begriffen.

»Kanada muss genial sein«, merkte sie betrübt an. »Ich hab schon viele Photos gesehen. Alleine die hohen Berge.«

Gekonnt überrascht zeigte sich Marie-Ambrosine, die Jettes kleine Schummelei sehr genau spürte.

»Stimmt schon, ich freue mich. Aber was mich genauso freut ist deine Einladung.« Die Zerknirschung war nicht einmal gespielt, mit der sie nachschob: »Für die ich mich noch gar nicht richtig bedankt habe.«

»Wofür denn? Für Muggefug und Fertigkuchen vom Discounter? Vielleicht hätte ich besser Bankkauffrau werden sollen. Dann könnte ich mir mehr leisten. Aber mit meinen Mathekünsten ...«

»Meine sind kein Joda besser. Ohne Taschenrechner oder das PC-Programm läuft da nichts. In der Schule bin ich nie über eine vier hinausgekommen.«

»Da kann ich mithalten!« Jette hob ihre linke Hand, spreizte die Finger.

Die Bälle, die sie sich gegenseitig zuspielten machten es für keine der beiden einfacher. Wie weggewischt war die gelöste, heitere Stimmung, die zwischen den beiden Frauen den Nachmittag über vorgeherrscht hatte. Was weder an der ausschließlich einen, noch an der ausschließlich anderen lag.

»Glaub ja nicht, dass ich wesentlich mehr Geld ...« Jettes Mine ließ sie stocken. »Kannst du dir vorstellen, wie lange ich für den Flug mein Sparschwein füttern musste? Wir bekommen hier doch nur ein Taschengeld ... «

Wenig selbstbewusst und überaus verhalten kam Jette Oestings »nein« daher. Nicht aber der Hinweis Marie-Ambrosines, dass das auch nicht wichtig sei. Eh hatte sie wegen der Reise, die sie der Ordensleitung unverschämterweise sogar schriftlich begründen durfte, Bauchschmerzen. Ihren Bruder aber hatte sie seit mehr als elf Jahren nicht gesehen. Immer öfter kam ihr seine Existenz abhanden, wie gut sie sich als Kinder und Heranwachsende, trotz seiner mitunter penetranten Besserwisserei, verstanden hatten. Rechtfertigen mochte sie den Trip um die halbe Welt gerade deshalb nicht. Einigermaßen ziellos schaute sie umher. Dann: »Ja, es stimmt, ich hätte es dir früher sagen sollen. Viel früher. Es tut mir sehr leid. Ich weiß ja, dass du hier nicht viele Kon ...«

»Woher kennen sie eigentlich Freya? Ich meine, ohne die würde ich wohl kaum hier wohnen. Das hier ist keine Notunterkunft für mittellose Azubis.«

»Wie kommst du denn jetzt darauf?« Marie-Ambrosine genehmigte sich noch Kuchen, auf den sie nicht mehr Appetit verspürte als Jette, deren Frage sie kaum überraschte. Zusätzliche Unsicherheit überkam sie. »Ich kenne Freya doch eigentlich gar nicht. Aber die Frau die vorher in deinem Zimmer gelebt hat, ich meine die alte Mutter Oberin, kannte sie -und zwar ziemlich gut. Es ist auch nicht so, dass ich damals die Erlaubnis gegeben hätte, dass du bei uns einziehst. Das war sie. Das hat sie zwar nicht unbedingt auf dem Sterbebett getan aber viel fehlte da nicht mehr.«

Wieder einmal belustigt von der Schwester Art sich auszudrücken gluckste Jette vor sich hin, hörte aber sogleich damit auf, als Marie-Ambrosine unvermittelt das angebissene Stück Schokokuchen auf den Teller legte, aufstand und sich auf die Bettkante setzte.

»Komm mal neben mich«, bat sie mit freundlichem Nachdruck. »Sammeln wollte sie sich -und Zeit gewinnen. »Du brauchst übrigens keine Angst zu haben«, erklärte sie, als Jette endlich bei ihr angekommen war. »Aus diesem Bett heraus...« -mehrmals schlug die Ordensfrau ihre Hand auf die mit bunten Kreisen gemusterte Decke- »... hat der Herrgott die Gute nicht zu sich geholt. Das haben wir damals extra für dich gekauft.« Hervorragend leben konnte Marie-Ambrosine, die Jettes Nachtlager in Wahrheit aus eigener Tasche bezahlt hatte, weil hier für derlei Unwichtigkeiten grundsätzlich keine Mittel locker gemacht wurden, mit der Lüge. Sie wurde nachdenklich. »Ich glaube ich schweife ab ... «

»Ja, tun sie ...«, bestätigte Jette, freilich ohne so schön zu zwinkern. Das konnte nämlich nur die Schwester, die gerade dabei war all ihren Mut zusammenzuraffen.

»Ende der achtziger Jahre ...«, hob Marie-Ambrosine an. » ... also vor meiner Zeit im Orden und ...« -sie lächelte mildtätig, als wäre das nun der entscheidende Punkt- »... vermutlich auch vor deiner seligen Geburt, war unsere Gemeinschaft an der Unterhaltung so eines Hauses beteiligt, in dem Frauen sich ...«

»Sie meinen ein Bordell ...?« Wieder gluckste Jette vor sich hin, wohl wissend: gerade das war nicht gemeint.

»Allmächtiger, nein! Eher das Gegenteil. Es ging dabei auch nicht ums liebe Geld. Einige von den Damaligen haben sich da sehr eingesetzt. Besonders die Oberin. Wir haben das Projekt nach zwei Jahren aufgeben müssen, weil wir irgendwann vom Land keine Gelder mehr bewilligt bekommen haben. Nicht lange danach ist Freya dann nach Gressiel gegangen.« Kurz daran denkend wie viel Mut ein solcher Schritt ins Ungewisse erforderte hielt Marie-Ambrosine inne. Schließlich war es bei ihr selbst ja auch nicht viel anders gewesen. Wenngleich sie sich nicht die Frage hatte stellen müssen, wovon sie eigentlich leben sollte. Lapidar setzte sie hinzu: »Schon irgendwie bewundernswert deine Ziehmutter ...

Unsicher ob sie Jette, deren Fragen immer nachdrücklicher, immer bestimmter geworden waren, alleine lassen durfte hatte sie es schließlich doch getan. Jetzt war die in ihrem Schreibtisch versteckte Schachtel, mit den restlichen vier Schnapspralinen, leer. Heute half es ihr nicht. Hier nämlich geriet nicht nur an einer Ecke böse etwas aus dem Leim. Sie aber würde weder die Hände falten noch in den sprichwörtlichen Schoß legen. Ja doch, mit ihrer Besorgnis übertrieb sie. Die da, mit nur noch der Unterwäsche am Leib, war kein Kind mehr. Genau deshalb überkam sie ein neues Mitleid mit Jette. Sich selbst tat die Nonne leid, weil sie kaum in der Lage war woanders hinzusehen, es schließlich aber doch und mit der Erkenntnis tat: dasselbe galt für sie.

»Was haben sie gemacht? Hatte schon Angst, sie kommen gar nicht mehr wieder.« Ein winziger Vorhalt schwang in Jettes leicht vibrierendem Tonfall mit. Doch nicht das kleinste Gezeter hätte sie jetzt anfangen können. In der Laune war sie nicht.

»Hab den Anrufbeantworter abgehört.« Betont selbstsicher kam Marie-Ambrosines Antwort daher. Sie trat ans Bett, beugte sich über die wie eine Gebärdende daliegende. Dann zog sie rasch die alten, von der seligen Mutter Oberin zusammengenähten, hellgrauen Vorhänge zu, hinter denen die Sonne nur noch spärlich durch die immer dunkler werdende Wolkendecke schien. »Wer weiß, ob die vom Stammhaus wieder was von mir wollen. Mit Emails schreiben haben die es nicht besonders.« Abermals setzte sich die Nonne auf die Kante des schlichten Bettes, blickte verstohlen über ihre angespannten Schultern hinweg. »Ehrlich gesagt: Deine Figur hätte ich auch gerne aber wird dir nicht allmählich kalt?«

»Nein, geht schon. Hab mich halt ausgezogen, als sie unten waren.« Jette flüsterte mehr als sie sprach. Und was die Figur anbelangte; so richtig beschweren konnte sich Marie-Ambrosine da auch nicht, wie sie erneut feststellte. Wieder driftete sie auf ihr Denkinselchen ab, auf dem sie es sich längst häuslich eingerichtet hatte. »… mit was man alles sein Geld verdienen kann …«, merkte sie mit klingendem Interesse an.

Auch die Schwester fand das nicht halb so verwerflich, wie sie dachte, dass sie es finden sollte. Und keinen Joda seltsam kam es ihr vor, als sie über

125

die samtweiche Haut von Jettes braunen Oberschenkel strich.

»Vergiss nicht: Eine… « -kurz überlegte Marie-Ambrosine an einem möglichst schonenden Wort- » … so richtig eine Bezahldame war Freya wahrscheinlich nie. Ich weiß davon jedenfalls nix.«

Sie versteifte sich. Jettes Verhalten gefiel ihr nicht. Ihr eigenes gefiel ihr noch viel weniger. Was nichts zur Sache tat. Das junge Ding aber fragte ja nicht einmal woher die Gewissheit rührte, dass sich Freya niemals für Geld angeboten hatte, geschweige denn, dass sie ein Spektakel aufgemacht, ein fernsehreifes Melodram gesponnen, von irgendwelchen Lügen und einer falschen Idylle gejammert hätte. So wie es die Schwester in einer anderen Zeit, in irgendwelchen hochdramatischen, sülzigen Fernsehfilmen gesehen hatte. Ganz so als wäre Jette Oesting gerade dabei recht eigne Konsequenzen aus dem Gehörten zu ziehen. Wozu es sich fügte, wie gekonnt ihr Schützling vor ihr lag. Warm war es im Zimmer nämlich wirklich nicht. Was das karge, von Bescheidenheit strotzende Stübchen vom Herzen der Marie-Ambrosine unterschied.

»Sitzen sie da gerne?«, erkundigte sich Jette.

»Willst du mich rausschmeißen?«, fragte die Nonne ablenkend. Wie wenig ihr gerade das gefallen würde.

»Nein ...«

»Was willst du dann?«

»Ja, was ich will eigentlich?«

»Ja, was willst du eigentlich?«

Gleichzeitig fingen sie das Lachen an. Ein schweres, gequältes Lachen. Womöglich aber entlud sich da ja etwas. Zumindest Marie-Ambrosine fühlte sich auch sogleich unbeschwerter. Doch traf es sie heftig als Jette wissen wollte:

»Warum legen sie sich eigentlich nicht neben mich?«

Weit vornüber gebeugt kaute Marie-Ambrosine an einem Finger herum. So tat sie gerne, wenn es anscheinend kein vor oder zurück gab. Wieder blickte sie sich über ihre Schulter um.

»Ich soll was?«

»Sie sollen sich zu mir legen!« Schnell setzte Jette sich auf, zog die nackten Beine an, die sie mit den Armen umfasste. »Oder mögen sie mich nicht?«

»Doch …« Wieder steckte Marie-Ambrosine den Finger in den Mund. Sich damit wie ein Kind vorzukommen machte ihr nichts aus. Stören tat sie, wie sehr sie sich plötzlich unterlegen fühlte. Dazu noch breitete sich ein winziger Ärger in ihr aus, den sie einfach beiseiteschob, weil Jette sicher nicht vergessen hatte, wo sie sich befand. Die Nonne legte ein schwieriges Gesicht auf. »Und meine Haube? Ich hab nur die eine ...«

»Die legen sie ab.«

»Ich werde den Teufel tun aber du kannst mich Karin nennen.«

»Karin ...?« Jette lächelte. Nein, hier gab es wirklich kein Eis, das schmelzen musste und es nicht tat.

»Ist halt mein richtiger Name«, erklärte die Nonne. Hintersinnig ergänze sie: »Man könnte auch sagen mein bürgerlicher Name. Na dann rutsch noch ein Stück rüber. Aus deinem kleinen Himmelbettchen fallen und mir den Arm brechen will ich ja nun nicht.« Eine merkwürdige Erheiterung flackerte in ihr auf, als sie sich insgeheim fragte, was sie in diesem Falle in so einen blödsinnigen Unfallbericht schreiben sollte.

Jette tat wie ihr geheißen, beeilte sich aber nicht. Unablässig Karins Rücken im Visier, über den sich in langen Wellen die dunkelblonden Haare legten, hob sie zauderlich und weil ihr anderes im Moment nicht einfiel an:

»Hast du unten alles ...«

»Hab ich.« Noch weiter beugte sich Marie-Ambrosine zu ihren kleinen Füßen herunter, löste mit schnellen, geschickten Fingern die Schnürsenkel. Und ehe sie sich versah fand sie sich, dieselbe Haltung wie Jette eingenommen, in deren Bett wieder. So einfach - und großartig anders hätte es auch nicht sein dürfen-, wie Marie-Ambrosine nunmehr dachte und nein, da war nicht der geringste Anlass gewesen um sich anzustellen.

Dennoch schwiegen sie beide.

Die Nonne schwieg, weil sie überlegte doch ihre Haube abzulegen, bevor sie Schaden nahm. Jette schwieg, weil da etwas von ihr abgefallen war.

»Freya die Vorzeigekatholikin«, merkte sie plötzlich hämisch an. »Das ist echt der Hammer!«

»Vorzeigekatholikin ...?« Marie-Ambrosine stutzte. »Freya ist nicht katholisch. Soweit wir wissen ist sie nicht mal getauft.«

»Ist sie nicht?«

»Nein.«

128

Ein Weilchen verstrich, bis die jetzt völlig perplexe Jette fragte:

»Über Mam und Paps hat sie nie ein Wort verloren?«

»Das hat sie nicht«, antwortete die Nonne fest, die nicht vorhatte ihr auch das noch zuzumuten. Ob sie damit richtig tat? Tief aber von Jette unerhört war der Seufzer mit dem sie beschloss später, wenn das hier hoffentlich bald vorbei war, darüber nachzudenken.

Kapitel 10

Das Hosanna des Herrn Bertram

Dumpf drang das zaghafte Klopfen an ihr Ohr. Jette blinzelte. Wieder klopfte es. Diesmal sogar stärker. Entgeistert starrte sie zur Fahrertüre hinaus, hinter der er stand, schier aus dem Häuschen und mit dem dümmlichsten Grinsen zwischen seinen in einem steifen, hohen Kragen steckenden Ohren, das sie je bei einem Mann gesehen hatte. Obendrein war er nass wie ein Pudel. Sogar vom Kinn herunter tropfte das Wasser. Wahnsinnig zu freuen schien er sich.

Schnell hatte sie die Rückenlehne nach oben gestellt, einigermaßen beruhigt wegen der verriegelten Türen die quietschende Scheibe etwas heruntergedreht. Tief sog sie die ins Wageninnere dringende, sprühende Brise ein, die ihr den klaren Sinn auch nicht zurückbrachte.

»Herr Bertram ...!«, rief sie mit falscher Freudigkeit aus. »Ich … ich wollte … Was… was für ein schei … ich meine, was für ein Wetter ...«

»Scheißwetter, ja! Sagen sie es ruhig«, forderte er fröhlich.

Im Gegensatz zu ihr brauchte der Herr Bertram nicht nach Worten suchen, die erklärten warum er sich hier aufhielt. Das war nämlich sein Revier, nicht ihres. Wie sehr ihm doch ihr Auto gefiele und natürlich würde ihm ein solches vollkommen genügen. Wo doch überhaupt alle Straßen regelmäßig verstopft seien. So sprudelte es, ohne dass er nur einmal Luft zu holen brauchte, aus ihm heraus.

»Ist nur ein Auto«, erwiderte Jette abwertend. »Aber ich mag die Hummel. Schluckt auch nicht viel.«

»Hummel ...?«

»Ja, so nenne ich es.« Sich die Hand vor den Mund haltend, starrte sie aufs Lenkrad. »Reichlich kindisch, was?«, bemerkte sie kiebig, wie es Menschen zuweilen tun, die es bevorzugen lieber das schnell auszusprechen, von dem sie annehmen der andere denkt es sowieso.

Noch hatte sie nichts getan, und wo sie war hielt sie niemand fest. Die passende Ausrede, die ihr hier sein erklärte, würde ihr schon noch einfallen.

Jette kurbelte die Scheibe wieder nach oben, wofür sie beide Hände brauchte. Sie raffte sich ihr dünnes Regencape über, schälte sich aus dem Wagen, den sie so langsam abschloss, als wolle sie gar nicht mehr damit aufhören. Doch schließlich stellte sie sich geradewegs vor ihn, der fast ehrfurchtsvoll einen

Schritt zurückgetreten war. »Und jetzt ...?«, erkundigte sie sich mit einem koketten Grinsen. Über ihre Bedenken täuschte es sie nicht hinweg. Besonders vital wirkte er heute nämlich nicht.

So wurde das nichts.

»Jetzt ...? Übermütig, fast kindlich lachend nahm Herr Bertram Jette Oesting feste an die Hand. »Jetzt lade ich sie zum köstlichsten Käsekuchen ein, den sie jemals gegessen haben. Erinnern sie sich, was ich neulich als sie bei mir waren wegen des Kuchens erzählt habe? Erinnern sie sich?«

Das tat sie …

Auf seiner wuchtigen Sitzecke knuddelten sich zwei Wolldecken. Auch ein graues, unter den Achseln durchgeschwitztes Unterhemd machte sie aus. Auf dem Wohnzimmertisch stand ein halb volles Glas Wasser. Auf dem Boden entdeckte Jette eine aufgeweichte Fernsehzeitung. Am schlimmsten aber war: Es roch. Roch irgendwie süßlich, nach Kastanie.

Als würde es dadurch länger, zuppelte sie an ihrem kurzen Jeansröckchen herum. Unaufhörlich traktierten ihre blendend weißen Zähne die vollen Lippen. Die nackte Beklemmung überkam sie, nicht aber der Entschluss schleunigst abzuzischen. Auch ihr waren doch verrückte Tage nicht mehr fremd. Tage bei denen eine waschechte Nonne bei ihr im Bett lag, von der sie zuvor hatte erfahren müssen, wer Freya in einem früheren Leben gewesen war: Eine Bardame, anscheinend aber keine Dame gegen Bares. Und gerade von der war ihre jahrelang Sitte, Anstand und zuweilen sogar der Vater im Himmel gepredigt worden.

»Habe ich Ihnen zu viel versprochen?« Fragend kam Herr Bertram, der sich im Bad eilig frisch gemacht und sein bestes Rasierwasser aufgelegt hatte, wieder herein. »Aber warum setzen sie sich denn nicht? Legen sie einfach auf Seite, was sie stört.«

Hier stört mich so einiges …, dachte Jette und sagte: »Das haben sie schon mal gefragt.« Drollig war er. Drollig und überdreht und mit festen Absichten, die sie ihm heute nicht vorzuhalten gedachte. Was bei ihren eigenen anders aussah. »Das war echt der leckerste Käsekuchen, von der ganzen Welt!«, trug sie dick, mit einem wirklich charmanten Lächeln auf. Doppelt glücklich und überhaupt nicht verschaukelt kam sich Herr Bertram da vor. Jette dagegen wurde es fast schlecht, wenn sie nur daran dachte, wie sie eingepfercht in dieses entsetzlich biedere, viel zu dunkle Café, in dem es noch wärmer gewesen war als hier, in der dieser feine Herr von all den Pfeife und Zigarren rauchenden Knackern offensichtlich erkannt und trotzdem von niemandem angesprochen worden war, um jeden Bissen gekämpft -und es sich nicht hatte anmerken lassen.

Plötzlich spürte sie einen warmen Luftzug an ihrem Ohr, roch seinen schlechten Atem, sah wie eine flache Hand vor ihren Augen wedelte, fühlte seinen Arm. Und was sie hörte war:

»Ich weiß doch genau, was sie denken. Ich bin alt aber bestimmt nicht dumm. Ich weiß, dass sie mich im Grunde verachten, dass das hier nicht das ist was sie wollen.« Verlegen deutete er auf das Chaos, in

132

seinem Wohnzimmer. »Und in einer halben Stunde - wenn sie mir die Zeit geben und ich es so lange durchhalte- werden sie wahrscheinlich ein wenig müde sein und ich werde sicher sehr sehr müde sein. Aber danach wird es uns viel besser gehen. Und dann werden sie es sowieso schnell vergessen haben und zu dem gehen, von dem sie es wirklich haben wollen.«

»Ja sicher ...«, erwiderte Jette, die von seiner kleinen Ansprache alles andere als beeindruckt immerhin aber auch nicht gelangweilt war, vieldeutig. Fast hätte sie noch »Amen!« gesagt. Mit allerlei übertriebenen Verrenkungen, drückte und schob sie seinen Arm von ihrer Schulter. Was alleine deshalb nicht einfach war, weil sie nicht grob erscheinen wollte. Etwas selbstgefällig schaute sie drein. »Und als was soll ich den Herrn, nach neun Monaten, vorstellen? Als Vater oder Onkel?«

»Da brauchen sie bei mir keine Sorge haben«, erwiderte der Kreiskämmerer a.D. bitter, sich natürlich erinnernd wie verständnisvoll seine Marjellchen selbst an diesem so heiklen Punkt gewesen war. Immer wieder hatte sie ihm zu verstehen gegeben: Ein Mann ist damit nicht weniger ein Mann. Und überhaupt käme es im Zusammensein doch eigentlich auf ganz andere Dinge an.

»Wieso haben sie es hier so unordentlich?«, fragte Jette, wie aus dem Nichts heraus. Langsam begann sie sich auszuziehen.

Kapitel 11

Angekommen!

Ruppig stellte er sein Fahrrad auf den Ständer, zog den Zettel aus seiner ausgebleichten Hose, den er, bevor es ihn wieder aufbrachte, in den nächsten Mülleimer warf.

In Hamburg war er, in Hamburg! Das sollte genügen. Sie war doch eh verschwunden, veranstaltete wahrscheinlich ihre kranken Spielchen mit jemand anderem. Mehr als einen simplen Trost bedeutete es für Henner Berg, wie sehr man damit auch an den Falschen geraten konnte. Er, der ewige Wurm, war nicht der Falsche gewesen, nein er nicht, hatte ihr aber unmissverständlich gezeigt es gibt ihn, irgendwo lauert er. Das Handspiegelchen solle sie also besser in ihrem schicken Täschlein lassen. Er hatte nicht den Zug nach ihr durchkämmt, wie er es vielleicht früher getan hätte, um ihr seinerseits eine Nachricht zukommen zu lassen. Auf der vielleicht gestanden hätte, wie sehr er sich immer freut, wenn man seiner gedenkt und ihm schreibt. Wie schön doch Briefe für ihn gewesen waren.

So sehr hämmerten die in sauberen Blockbuchstaben verfassten Worte der feinen Frau Unbekannt in seinem Hirnchen, in dem das eigentliche Warum seiner sauer finanzierten Reise weit in den Hintergrund getreten war. Nur Mist und verderbt und des sich Grämens nicht wert waren sie doch alle. Genau das aber machte es ihm leicht, es immer und immer wieder zu versuchen. Wie ein Lottospieler, der tippt und tippt und doch nicht an den großen Wurf glaubt.

Mitten in der Wandelhalle stand er, umgeben von lauter einladenden Lädchen, Bistros und Cafés, in denen er das Meiste ja doch nicht kaufen konnte. An jeder Seite strömten hetzende, gut gekleidete Menschen an ihm vorbei, die aneinander nicht ansahen, erst recht nicht ihn. Bei fast jedem der Geleckten klebte das Zweithirn am Ohr, in das sie quatschten und quatschten, als gälte es endlich alles loszuwerden. Da lief sogar eine rank und schlanke Tusse an ihm vorbei. Zum Greifen nah lief sie an ihm vorbei, ihr Telefoniergerät falsch herum in der Hand, weil auf der Rückseite das Konterfei eines ja ach so männlich dreinschauenden Glatzkopfes abgebildet war. Ernsthaft fragte sich Henner, was der Dame fehlen mochte. So wie es aussah der tägliche Fick sicher nicht.

Jetzt konnte er sogar grinsen, war bei manchen Leuten das Haupthirn gerade groß genug, um das Zweithirn bedienen zu können. Die wohltuende Wirkung seines Spotts währte nicht lange, stierte er doch wie ferngesteuert irgendwelchen ansehnlichen Pärchen nach. Tja, so und nicht anders funktionierte es und er hatte es einfach nicht begriffen. Wie bestens zumute war ihm aber plötzlich, als er ahnte niemals nur den Hauch einer Chance gehabt und sich dennoch nicht eine Lebensminute lang belogen zu haben. Keine einfache, blasse, nichtssagende Frau die zu ihm passte. Nur damit er den Leuten hätte sagen können: »He, auch ich habe jemanden abbekommen. Nehmt es gefälligst zur Kenntnis!«

Eine halbe Stunde später hockte er im Porta-nese, einem Eiscafé in der Möckebergstraße. Über sich ein schlechter gewordenes Wetter, vor sich das, was er sich nur selten leistete aber seit je her mochte: einen Cappuccino mit Sahne, mit viel Sahne, die er beinahe in homöopathischen Dosen mit dem Löffel abstrich und sich genießerisch einverleibte. Immer auf der Hut vor dem umherwirbelnden, so richtig süßen Bedienfräulein. Das hatte ihn schon zweimal mit ge-frorener Höflichkeit gefragt, ob er noch einen Wunsch habe. Hatte er, sogar einen großen, den auch sie ihm sicher nicht zu erfüllen gedachte. Erst recht nicht hier, vor aller Augen.

Das noble Renaissance, mitsamt seinen fünf Sternen, musste irgendwo in der Nähe sein. Doch wa-ren ihm 120 Betten zu viel. Vielleicht aber hatte ihn Schnullerbacke, mit ihrem 60 Betten, belogen. Jeden-falls war alles zu knapp veranschlagt, hervorragend die Chancen sich abends, mit einer Laune gefährlich nahe am Siedepunkt, in diesem Bummelzug wiederzu-finden. Ohne sie nur eine Minute, und sei es auch nur aus der Ferne, gesehen zu haben. Nur auszumalen brauchte er sich das und die Lust am nur noch lauwar-men Cappuccino verging ihm.

Erst recht, wenn sich Frau Buddebrook -wie er sie mittlerweile wohltuend verächtlich nannte- und ihr unverschämter Kassiber wieder in seine Hirse bohrte. Entwürdigung kannte viele Varianten. Heute Morgen, in der Bahn, war eine weitere hinzugekom-men. Lebendiger fühlte er sich trotzdem. Auch wenn er seine reichlich idiotische Suche nicht einmal be-gonnen hatte. Er durfte sich das erlauben. Niemand durfte sich das mehr erlauben als er. Ein Hauch Leben und sich mit dem was für ihn nicht vorgesehen war abfinden.

Derart wohlig in aufgeschäumtes Selbstmitleid eingehüllt, winkte er recht weltmännisch das reizende Bedienmädchen herbei, überreichte ihr, mit einer ausholenden Handbewegung, 2,50 Euro und schaffte es sogar klarzumachen: den Rest können sie behalten. Artig und geübt bedankte sich das Mädel, verschloss ihre große schwarze Geldbörse, deren verlockend klimpernder Inhalt ihn mindestens über einen Monat brächte. Wünschte mit dünnem, kaltem Lächeln noch einen recht angenehmen Tag und wandte sich dem nächsten Gast zu, der bereits ungeduldig mit dem Finger schnippte.

Einen scheiß Job hast du, dachte Henner, der ihr einigermaßen knusselig nachschaute. Bei ihr würden die Dinge schon stimmen. Am Tage die gehasste Maloche, abends der feuchte Ausgleich, mit irgend so einem Typ aus dem Quellekatalog.

Was für ein Klopper!

Während er seinen ganz persönlichen Hotelführer im Rucksack verstaute viel ihm ein, er selbst hatte überhaupt nichts, nicht einmal einen scheiß Job. Irgendwann würde es ihm nichts mehr ausmachen, hing doch vieles davon ab, was man sich so alles einreden ließ. Er aber hatte sich eine Menge einreden lassen. Eine Menge Mist. Ihn der Faulheit zu bezichtigen hatte allerdings bislang niemand gewagt. Da kannten sie ihn anders.

Kapitel 12

Aufschlag ...!

Drei Stunden später sehen wir Henner, mit schmierigen Händen, auf dem Podestchen mit den Luftdruck-
prüfgeräten der Bell-Oil-Tanke kauern, zu der er flu-
chend sein Plattfußfahrrad geschoben hatte, heilfroh
wegen dem frischen Schlauch und dem wenigen
Werkzeug, das er mit sich führte. Routiniert wie er
sich in Fahrradinstantsetzungsangelegenheiten anstellte war der Schaden in zwanzig Minuten behoben gewesen, den 17:19-Zug aber konnte er endgültig ab-
schreiben. Die nächste Regionalbahn Richtung Bre-
men würde erst eine Stunde später fahren. Wochen-
endticket ade. Sich nächtens von einem rabiaten
Schaffner, womöglich noch unter Einbeziehung der
Bundespolizei, aus dem Zug werfen zu lassen;
schwarzfahren, mit dem er es als chronisch klammer
Student zu einiger Meisterschaft gebracht hatte, lag
ihm nicht mehr. Zu groß der Stress, die Angst vor all
der Peinlichkeit.
   Weder Schleichwege noch Abkürzungen, die
ihn schneller hätten zurück zum Hauptbahnhof führen
können, kannte er, wusste nur, bei dem so schönen
Wasser da drüben auf der anderen Straßenseite musste
es sich um die Außenalster handeln. Ein kleines Meer.
Das half. Er liebte das Wasser. Hatte es immer getan.
   Nicht kirre machen durfte er sich.
   Wie rasch aber stand er plötzlich auf seinen
vom Trampeln der vergangenen Stunden schmerzenden Beinen, blickte hierhin und dorthin und das so

hektisch, dass ihm entging, wie nahe er dem von heiteren Stimmen begleiteten Plong Plong war, das unvermittelt erstarb und Sekunden später durch ein lauteres, von einem kräftigen »Ahhh...« begleitetes Plong wieder eingeleitet wurde. Es bedeutete nichts. Irgendwo hier gab es halt einen Tennisplatz -der nicht unbedingt zu einem Hotel, mit mehr oder weniger sechzig Betten, gehören musste.

Also setzte sich der Henner wieder. Die Ellenbogen auf die Beine gestützt, vergrub er das Gesicht in den Händen. Theatralisch kam er sich vor, richtig theatralisch. Er wollte nicht theatralisch sein. Standzuhalten gefiel ihm besser, viel besser. Obendrein hatte er Kohldampf und nur zwei Euro, die nicht einmal für einen beschissenen Fischbürger, oder was mir hier oben sonst so aß, reichten.

Plong ...plong ...plong ...

Eher klein kam ihm das Haus vor, dessen gediegene, von allerlei Gewächs umrankten Sandsteinmauern auf eine gewisse Eleganz im Innern hinzudeuten schien. Trotzdem glaubte Henner Berg, der mit überdrehten Vergleichen nicht zimperlich war, nicht die Hamburger Ausgabe des Adlon Kampinski vor sich zu haben. Lange jedenfalls konnte er nicht mehr hier auf und abgehen, so tun als führe er das wichtigste Telefonat seines Lebens. Nur um bei jeder Gelegenheit verstohlen und so lange auf den breiten Eingang zu starren, bis sich die beiden Flügel der Glasschiebetüre wieder öffneten. Dann schaute er so versonnen wie interessiert hinein ins spärlich ausgeleuchtete Foyer, dessen anheimelnde Atmosphäre es ihm umso schwerer machte es den Leuten nicht einfach gleichzutun.

Sein Fahrrad hatte er kurzerhand an der Tankstelle stehengelassen. An den Tanken wurde nur Sprit aber keine Drahtesel geklaut. Dennoch hatte er sein Velo noch mit einem dünnen Zahlenschloss gesichert, durch das sich selbst ein stumpfer Seitenschneider durchbeißen könnte. Brenzlig war es also immer noch. Zumindest empfand Henner es so, der dem Plong Plong einfach gefolgt und das Hotel, mit den beiden Tennisplätzen, schließlich weiter oben an der dicht befahrenen Straße, neben einer schickimicki Kunstgalerie, entdeckt hatte.

Sein blödes, absurdes Schauspiel schließlich satt, schob er sein Telefon in die rutschende Jeans, schüttelte mit augenfälliger Missbilligung den Kopf, hoffend die feinen Leute da beim Hotel sehen und nehmen es zur Kenntnis.

Als sich zwischen den hupenden, drängelnden Autos endlich eine Lücke auftat, hechtete er über die Fahrbahnen, jeden Meter die kalte Panik im Nacken jemand fährt ihn über den Haufen. Bei den Kugellampen fühlte er sich besser aufgehoben. Hinter denen fand sich sogar ein zum Wasser hin leicht abfallender Grünstreifen, mit schönen Holzbänken, von denen er eine sogleich in Beschlag nahm. Hier konnte er, ohne Angst vor dummen Fragen, nachdenken. Nachdenken auch darüber, was ihn eigentlich so sicher machte, das richtige Hotel gefunden zu haben. Genau so war es aber, und alles aber auch wirklich alles in ihm verriet ihm das.

Kapitel 13

Die erste Nacht danach

»Der Alte ist echt stinksauer auf dich. Solltest dir vielleicht einen Sturzhelm aufsetzen.«

»Übertreib doch nicht so!«, mahnte Jette, die mit Sallys flotten Sprüchen jetzt nichts anfangen konnte.

Die aber ließ nicht locker:

»Der denkt wahrscheinlich du würdest noch irgendwo nebenher kellnern, und hättest dir deshalb einen gelben Schein geholt.«

»Ist mir egal. Wenn der Arsch seine Leute besser bezahlen würde müsste er das nicht denken.« Jette hatte nicht die Absicht mit Sally, die sich auffallend viel Zeit ließ ihren Kram hinter der Rezeption wegzuräumen, über die Laune des Sensorchefs zu diskutieren. Der Nachtdienst, der ihr aufgebrummt worden war, kam nicht von ungefähr. Von Bräsi, wie er von den Hotelangestellten, hinter natürlich vorgehaltener Hand, genannt wurde wurde sie nicht sonderlich gemocht. Was nach Freyas Einmischung, wegen dem kaputten roten Knopf, noch zugenommen hatte. Immer bekam sie eine reingewürgt. »Bist du fertig?« rutschte es ihr dann auch einigermaßen knurrig heraus, wissend ihre Kollegin, mit der sie eigentlich gut klarkam, konnte am allerwenigsten dafür.

»Ist was?« Die gemütliche, stets zufriedene aber zuweilen auch recht vorlaute Sally war noch nicht fertig, erhob sich aber immerhin von ihrem Stuhl, um im Stehen noch schnell ihr privates Emailfach und die Internetseite, mit erschwinglicher Mode für jedermann, abzuklappern. Wobei sie sich echt cool vorkam. »Warst wohl auf der Rolle, was!?«, haute sie fröhlich heraus.

Langsam legte Jette ihr kleines Handtäschlein ab. An Sally vorbei, schob sie es mit dem Fuß eine Ecke. Sie setzte sie sich hin, drückte die langen Staken gegen den Fuß des noch warmen Bürostuhls, was sich diesmal weniger angenehm anfühlte. Ja, sie war auf der Rolle gewesen. Und wie sie auf der Rolle gewesen war.

Sally griff Jette freundschaftlich, wenn auch zu fest in den Nacken:

»Was ist los mit dir Schätzchen ...? Dreh dich mal um.«

Als Jette sich tatsächlich kurz umdrehte bemerkte Sally leicht erschrocken, wie nahe ihre Ablösung dem weinen war.

»Darüber will ich jetzt echt nicht reden, verstanden Sally?«

Wie nebenher kontrollierte Jette ihr Handy, auf dem vorhin eine Nachricht von Herrn Bertram angekommen war. Als einen rundherum glücklichen Menschen solle sie sich ihn vorstellen. Minuten später war eine zweite gekommen. Noch niemals zuvor habe er eine SMS versendet, und sie solle ihm, wegen Kommata und anderer Nachlässigkeiten, bitte nicht gram sein. War sie nicht. Ihm geantwortet hatte sie allerdings auch nicht. Was anscheinend richtig gewesen war: Keine neue Nachricht! Vielleicht schlief er endlich und träumte von mehr, oder machte es sich, in seliger Erinnerung an das Vorgefallene, selbst.

Nicht seine Schuld. Fast aufgedrängt hatte sie ihm doch ihre Handynummer nachher. Was ihr mittlerweile vollkommen unverständlich irgendwie aber auch wie eine unausgesprochene Einladung vorkam, die zurückzunehmen für Jette Oesting keinesfalls das naheliegendste war. Wie sie geschwitzt hatten ...

»Du willst ja nie über etwas reden!«, empörte sich Sally.

»Nein, gibt auch besseres ...«, erwiderte Jette schmallippig.

»Ach, daher weht der Wind. Hab auch noch was vor jetzt. Ist morgens doch echt am geilsten! Martin hat auch heute frei.«

»Sally ...!«

»Schon gut. Ich geh ja schon. Aber wenn du den Moralischen bekommst meldest du dich, kapischke?«

»Ok, mach ich«, entgegnete Jette, die genau das nicht zu tun gedachte. Bei niemandem würde sie sich melden. Selbst bei Karin nicht, bei der es ihr am schwersten viel.

Sie sah auf von ihrer Vogue, die Sally liegengelassen hatte. Wobei sie dreinschaute wie nur jemand dreinschauen kann, der sich einigermaßen gestört fühlt und trotzdem einen kläglichen Rest an Höflichkeit bewahren will. Immerhin war sie ja auch im Dienst, in dem es nichts wichtigeres als die teuren Gäste und deren anzustrebende Zufriedenheit gab. Von der lebten sie ja schließlich alle. Wenn auch die

143

einen besser als die anderen. Wie sehr hatte sie es im Laufe der Zeit verinnerlicht.

»Ja, bitte ...?«

»Ich wollte ...«

Jette legte die Zeitschrift beiseite.

»Was wollten sie?«

»Ich … ich … wollte fragen, ob ich mich hier ein paar Minuten hinsetzen kann … Echt kalt draußen.«

»Nein! Ich meine, das dürfen sie nicht … tut mir leid ...«, verbesserte sie sich. Wie sehr er nach Worten rang! Stockender und schleppender hatte Jette noch nie jemanden reden hören. Feste hafteten ihre aufgerissenen Augen auf ihm. Wie mager er war! Und erst der dünne Bart, der nicht danach aussah als würde da noch viel nachkommen. Wahrscheinlich waren auch seine Unterarme von Einstichen übersät. Wie die der Junkies im Schanzenpark, von denen Kika immer erzählte, um sie aufzuziehen. Kurz vor einem Würgereiz stand Jette und spürte doch auch anderes.

Es war nicht der erste von der Sorte, der sie darum bat. Einmal hatte sie es sogar einem, der auf gleich zwei Krücken unterwegs ihr vorgekommen war als würde er die Nacht ohne einen wärmenden Ort nicht überleben, erlaubt und tags darauf, als sie noch selig im Bettchen lag und an sich herumfummelte, vom Kellers Senior einen Anruf erhalten, an dem sie noch lange zu knappern gehabt hatte. Was sie denn glauben würde wo sie arbeitet? In einem Armenhaus? Seither fragte sie sich wie der Stinkstiefel, der sie trotz seiner entschlossenen Ankündigung doch nicht abgemahnt hatte, überhaupt davon erfahren konnte. Erzählt hatte sie es nämlich niemandem.

»Ich … wollte sie nicht stören oder belästigen oder so … « Jetzt gelang es ihm doch einfach mal ruhig zu bleiben. Dann aber drehte er sich blitzartig um: »Bin auch schon wieder weg. Lassen sie es sich nicht leid werden ...«

Lassen sie es sich nicht leid werden ... Das bewegte Jette. Zwar nicht viel aber es bewegte sie. Am Anfang ihrer Ausbildung, als sie regelmäßig das Heimweh überkommen und sie sich hatte zwingen müssen Freya nicht anzurufen, war es ihr oft leid geworden.

»Warten sie ...!«, rief sie so laut durch die weitläufige Eingangshalle, als wäre er bereits vor der Türe angekommen. »Eine viertel Stunde aber nicht länger. Reicht dir… ich meine reicht ihnen das?«

Tat es, ja. Auch eine Minute würde ihm genügen.

Er hatte sie tatsächlich gefunden!

»Ich glaube sie sollten mich jetzt besser rausschmeißen ...«

Obwohl er kokettierte meinte Henner es so. Freilich nicht ohne sich dabei zu bedauern. Sie sprach ja auch nicht, hockte einfach nur rum, in ihrem Rezeptionsdingen, die starrenden Augen in den Bildschirm gebohrt. Er ahnte, was sie trieb! Er war halt nicht die sexy Kracher, aus dem Lied von Alinka. In der Wandelhalle hatte er es gehört. Ihm gefiel das Leichte in der so angenehmen, unaufdringlichen Stimme der

Sängerin. Bei ihm aber gab es keinen Staub auf der Hose der Esprit bedeutete, keine Narbe im Gesicht. Dafür eingefallene Wangen unter den spitzen, hervortretenden Knochen, wie ihm das schemenhafte Spiegelbild im runden Tischen verriet, an dem er sich beklommen und selbstverständlich nicht ohne ihre Erlaubnis niedergelassen hatte. Eingefallene Backen, die so anziehend waren wie hart gewordener Beton, in einem Speisfass. Ach wie bekömmlich waren doch diese Gedanken und ach wie sexy war sie doch.

Heftig fuhr Jette zusammen. Völlig vergessen hatte sie ihn beim flirtigen chatten mit Toikun, der aussah wie ein abgehalfterter Wrestler, auf Jette aber den Eindruck machte als könne er niemandem etwas zuleide tun. Ohne sich zu verabschieden, klinkte sie sich aus dem Chat aus. Heute war das besonders einfach und würde niemals wieder schwerer werden.

»Scheiße, sie sind ja noch da ...« Mehr für sich selbst setzte sie hinzu: »Darauf kommts jetzt auch nicht mehr an.« Kam es auch nicht, weil sie in einer Stunde von Verena abgelöst wurde. Die konnte sich dann mit ihm herumschlagen. Während sie zu der zusammengesunkenen Gestalt herübersah überlegte Jette, der es unhöflich vorkam ihn einfach wieder nach draußen zu schicken. Sie gab sich einen Ruck: »Wollen sie noch einen Espresso bevor sie gehen?« Auch auf den kam es jetzt nicht mehr an.

»Ist echt lieb aber dafür hab ich kein Geld.«

Was sie nicht wunderte.

»Brauchen sie auch nicht.«

Jette, bei der plötzlich ein merkwürdig unbeschwertes Gefühl Einzug hielt, war bereits in der win-

146

zigen Küche neben der Rezeption verschwunden, aus dem Henner, der seine brennenden Augen geschlossen hatte, ein Zischen vernahm. Mühelos hatte sein ausgezeichnetes Gehör ihr nicht unbedingt ehrerbietiges »Darauf kommts jetzt auch nicht mehr an …« aufgeschnappt. Immer hörte er, was er besser nicht hören sollte. Als er sie wieder öffnete stand sie vor ihm, in jeder Hand eine winzige rote Tasse, aus der es wunderbar aromatisch dampfte. Noch wunderbarer aber duftete sie.

»Ich genehmige mir auch noch einen.« Etwas steif ließ sie sich neben ihm nieder. »Sind sie eigentlich nicht müde oder so?« Natürlich war er müde. Sie sah es doch. Genauso müde wie sie selbst.

Mit welch warmer Freundlichkeit sie plötzlich sprach. So empfand Henner es, in dessen verengtem Hals der Klos quoll. Gerne hätte er ihr wenigstens ein »Geht so ...« zur Antwort gegeben. Welch grandiose Untertreibung doch ihr Profilbild war. Nach seiner Rückkehr würde er es entweder sehr oft oder überhaupt nicht mehr ansehen. Je nachdem, was sich leichter ertragen ließ. Und jetzt verstand er, verstand warum sie aus ihrer Erscheinung im Chat ein derartiges Geheimnis gemacht hatte. Doch niemals würde sie ihn erkennen! Wenigstens da konnte er vollkommen entspannt sein. War er aber nicht. Nein, überhaupt nicht entspannt war er.

»Alles in Ordnung mit ihnen ...?« Nachdenklich pustete Jette in ihren Espresso. »Muss schwierig sein, so ohne festen Wohnsitz. Irgendwie wird man ja auch zum Freiwild.«

Henner gelang ein schwaches »Ja«. Es war ja auch so. Zumindest hier, bei den Nordlichtern. Was er nach einem Schluck Kaffee ebenfalls sagte war:

»Danke übrigens für den Espresso.«

»Keine Ursache.«

»Das ist der erste Espresso den ich trinke.«

»Was trinken sie denn sonst?« Jette tippte auf irgendeinen billigen Fusel, für den sein ganzes Geld drauf ging, aber gerade den Eindruck machte er nicht.

»Carokaffee.«

»Das hätte ich jetzt nicht gedacht.«

»Ist aber so.«

»Ok ...«

»Ist hier jede Nacht so tote Hose?« Höchst unangenehm war ihm das Doppeldeutige, seiner mit etlicher Anstrengung herausgebrachten Frage, weshalb er hastig und ohne jede Mühe zurückruderte. »Ich wollte sagen, nicht gerade Hochbetrieb hier.« Sich fragend ob es Sinn machte die Stadt, in der es sie anscheinend der Arbeit hoffentlich aber nicht der Liebe wegen verschlagen hatte in den Himmel zu heben stockte er. Doch dann: »In Hamburg trifft sich doch die Welt! Ist ja auch eine Weltstadt.«

Erst jetzt, wo er sich danach erkundigte, viel auch Jette auf, wie ungewöhnlich ruhig es in den letzten Stunden gewesen war. Es war nicht das einzige, das ihr auffiel.

»Ich weiß auch nicht ...«, antworte sie mit leichter Zierde. Schnell nahm auch sie einen Schluck und noch einen. Auf Henner wirkte es als söffe sie Schnaps.

Kapitel 14

Herr Bertram wird unruhig

Nicht nur für Jette Oesting und Henner Berg, so nur dürftig bekannt sie in den letzten Stunden miteinander geworden waren, war die Nacht ohne ausreichende Erholung geblieben. Auch der Kreiskämmerer a.D., Dr. Jost Bertram, vermisste an diesem frühen, ihn so frierend machenden Morgen das gerade für einen Mann seines Alters so wichtige ausgeruht sein. Wirklich schlapp fühlte er sich aber nicht.

Im Abstand von einer halben Stunde hatte er ihr vier weitere, mit einem vor Anspannung zitternden Mittelfinger getippte Nachrichten geschickt, statt sie einfach anzurufen, um wenigstens ihre Stimme zu hören.

Fix und fertig angezogen belagerte er die Küche, auf dem Tisch sein aufgeklapptes Handy. Ein Tick zu laut geriet ihm die Stille, doch weder Fernsehen noch Radio ertrug er jetzt. Doch gleich würde er sich zurück auf die Couch begeben, deren satte Polster wunderbar von ihrem Duft und leider auch von seinem durchdrungen war. Wie sein Hirn und sein Bauch seit Stunden auch wieder vom Marjellchen, weswegen er es dort auch keine Minute länger ausgehalten hatte. Genauso wenig wie in seinem Bett, in dem er seit Jettes erstem Besuch eh nicht mehr schlief. Vielleicht aber lag das nicht an ihr, die er niemals hätte dorthin quatschen können. So einer war er nicht, war er nie

149

gewesen. Nur als Vorlauf für die Ehe durfte das sich näher kommen dienen. Nur dafür.

Wie hatte sie sich unter ihm gewunden, ihre unglaublichen Beine so fest um ihn geschlungen. Wobei er sich kaum noch hatte bewegen können und das auch fast gesagt hätte.

»Sind sie denn jetzt zufrieden Herr Bertram?« Als säße ihm die biedere Marquardt, mit einem genugtuerischen Grinsen im Gesicht, tatsächlich gegenüber. *»Fangen sie endlich wieder an zu leben ...«*

Von hier auf jetzt donnerte seine Faust auf den Tisch. »Sie ist tot Jost, tot!« Schweiß trat ihm auf die Stirn, über die er unwirsch wischte, während er scheu auf sein Mobiles stierte. Draufschlagen sollte er. Es hörte niemand. Wie auch ihr Gekeuche, das ihn fast ängstigende Geschreie, das immer lauter geworden war, niemand gehört hatte. Hoffte er zumindest.

Kapitel 15

Die zweite Nacht

Er paffte, paffte eine nach dem anderen, sog tief den blauen Dunst in sich hinein, ohne zu wissen wie er den Qualmgestank aus dem Mund bekommen sollte. Für ein Röllchen Pfefferminz reichte es nicht. Gestern hatte er überhaupt nicht über seinen Atem nachgedacht. Dafür war er zu aufgewühlt gewesen. Sogar neben ihm gesessen hatte sie -und keine Mine verzogen.

Souveräne Frau, dachte Henner anerkennend, dem es im nächsten Moment so richtig schwer wurde. War sie doch und sicher nicht nur für ihn der Inbegriff von Schönheit. Ja, genau das war sie: Der Inbegriff von Schönheit. Die Formulierung gefiel ihm gut. Wenn sie auch nicht von ihm stammte. Zwingen hatte er sich müssen, die Hotellobby zu verlassen. So wie er sich immer hatte zwingen müssen zu gehen, wenn sich zur Abwechslung ein bisschen was ergeben hatte. Gerade bei ihr aber wäre ihm nichts furchtbarer gewesen als aufdringlich zu wirken. Aufdringlich konnten die sein, die es nicht nötig hatten. So hatte er es immer gehalten, und sich damit ein Körnchen Aufmerksamkeit ergattert.

Erst zwei Uhr mittags. Das wusste er von einer alten Dame, die bis eben neben ihm gesessen, nett mit gurrenden Tauben gemurmelt und sie mit Brotkrumen, aus einer kleinen Plastiktüte, gefüttert hatte. Jetzt gehörte die schöne Holzbank wieder ihm alleine, auf der er kaum ein Auge zubekam, vor lauter Angst jemand rüttelt ihn wach oder er wacht nicht mehr auf. Wie die wirklich Gestrandeten, jene die nichts mehr als ihre schäbigen Sachen am Leib besaßen und die er trotzdem zuweilen beneidete, weil sie mit nichts mehr etwas zu tun hatten. Nur noch vom mächtigen Staat wurden sie behelligt.

Sein Handyakku war leer. Das Ladegerät hatte er vergessen. Gut war das nicht. Manchmal nämlich rief seine stets besorgte Mutter an, fragte ob er noch lebt. Tat er, ja und wie. Volle Lotte. Immer am Anschlag.

151

Den Vormittag hatte er so rumgebracht, sich in irgendeiner Straße, in einem irgendwie komischen Geschäft, das seltsamerweise auch sonntags geöffnet hatte, sogar eine Prinzenrolle gekauft. Immer kaufte er sich, von den letzten paar Kröten, eine Prinzenrolle. Diesmal aber fraß er sein Lieblingsgebäck nicht in seinem Hinterweltprovinzkaffstädchen, in dem er sich oft vorkam, wie in einem Freiluftgefängnis. Hier war es nicht viel anders. Einzig das Wissen um die Hamburger Bahnhofsmission, ließ ihn nicht panisch werden. Ja, er hatte ein dickes Problem mit der Rückfahrt. Doch auch diese Nacht würde er sie dort hinten im Hotel finden. Nachtschichten wurden nämlich nicht bloß für einen Tag vergeben. Das war selbst ihm noch vom Arbeitsleben in Erinnerung. Als längst aus dem BaföG herausgefallener Studiosus hatte er sich mit etlichen Jobs durchgeschlagen. Selbst für die Müllsortierung war er sich nicht zu schade gewesen. Noch dazu nachts und im dicksten Winter, in einer ungeheizten Halle, in der zwar die Kälte hinein, der bestialische Gestank aber nicht hinauszog. Ertragen hatte er es nur können, weil auch eine Zehntklässlerin unter den Müllgrabschern gewesen war. Sogar ihm gegenüber, auf der anderen Seite des viel zu schnell laufenden Fließbandes, hatte der flotte Käfer gestanden und etwas ganz anderes versprüht.

Zu jung ...

Baff war Jette, die niemanden gehört hatte. Welches Bild er wieder abgab: Die Beine ineinander geschraubt, die Hände gefaltet. Beten tat er nicht. Ihr Mund verzog sich.

»Wie sind sie denn schon wieder reingekommen?«, hob sie, die Türe eilig hinter sich zuziehend, an. Der alte Kellers mochte es nicht, wenn jemand von den Gästen in diesen mickrigem Anschein einer Küche gaffte, die dem Personal nicht viel mehr Platz bot als zwei Telefonzellen. Auch deshalb hatte sie bereits mehr als einen Anpfiff kassiert. »Wahrscheinlich durch den Lieferanteneingang.«

Ohne sie anzusehen zeigte Henner auf die Glastüre. Gut ließ es sich an. Viel besser als letzte Nacht. Im Chat hatte er bei ihr nicht mal einen Anflug von Humor bemerkt.

»Ich musste den Abwasch sauber machen ...«, erklärte sie gereizt. Vor ausgerechnet dem rechtfertigte sie sich. Obwohl er sie immer noch nicht ängstigte, wie ihr überhaupt das Gefühl der Angst abhandengekommen zu sein schien, seit Bertram sie ... Flacher wurde ihr Atem. Am liebsten hätte sie auf dem Absatz kehrt gemacht und wäre wieder in der Küche verschwunden, in der nichts laufe durfte, weil dieser Kalfakter sich hier breit machte, dessen schrecklich verschlafenes Gesicht plötzlich unangenehm intensiv auf ihr ruhte. Als spüre er genau, was so alles in ihr abging. Aber auch das war ihr nicht Anlass genug, um ihn einfach rauszuschmeißen.

»Ist was mit ihnen ...?«, fragte Henner brühwarm.

»Nein ...«, zischte Jette, die sich in der Rezeption niedergelassen hatte. »Heute Nacht ist es über-

153

haupt nicht kalt draußen«, bemerkte sie mit aufgesetzter Freundlichkeit.

Fies kam sie sich vor. Keine Ahnung hatte sie doch, was Leute wie der da tagtäglich erduldeten. Sie selbst schlief unter einem Dach. Unter einem preiswerten, sonderbaren Dach, mit dem sie es nicht schlecht getroffen hatte. Sie dachte an die Schwester, der gegenüber sie sich vielleicht doch erklären sollte. Schnell hatte sie den Gedanken verworfen.

»Das ist mir nicht entgangen. Ich bin ja sozusagen mein eigenes Thermometer.«

»Aha ...«

Henner faltete die Hände hinter seinem Nacken, legte den Kopf weit zurück. Sein dicker Kehlkopf, in dem seit Jahren das Jod fehlte, spannte die Haut über dem dünnen Hals. »Ja, bin ich und manchmal habe ich sogar Fieber«, schob er keck nach.

»Besonders heute ...«

So nebenher sie das sagte so nebenher hatte sie sich im Chat eingeloggt, in dem sie vergeblich nach Toikun Ausschau hielt, bei dem sie sich nachher sicher nochmal so erschöpft fühlen … Nur ablenken wollte sie sich doch.

»Sagen sie …« Henner bemühte sich um einen ernsthaften, interessierten Tonfall. »Wie heißt eigentlich der Schuppen hier?«

»Steht draußen auf dem Schild. Zudem ist das kein Schuppen.«

»Da steht Kellers, aber kein Hotel nennt sich freiwillig Kellers.« Allmählich kam er in Schwung. Sicher fühlte er sich dabei nicht, wenn auch sein spre-

154

chen heute besser funktionierte. »Hört sich ja an als wäre hier alles unterirdisch.«

»Wie sollte es denn sonst heißen?«

Nicht das geringste Interesse hatte sie an seiner Antwort. Ihr gefiel nämlich der Name. Was ihr nicht gefiel war sein dämlicher Kommentar. Doch alles war besser als das denken daran, zu was sie sich hatte hinreißen lassen.

»Zum schönen Bein zum Beispiel.« Ja, viel mutiger fühlte er sich diesmal. Aufgeputscht und hundemüde.

»Wie bitte!« Jette schoss herum. Ihre Augen verengten sich.

Auch Bertram hatte von ihren Beinen nicht genug bekommen können. Gerade als sie sich rücklings in die Polster gebogen, ihre langen Staksen gespreizt und senkrecht in die Höhe gestreckt hatte. Wie in einem der billgen XXL-Videos, die sich reinzuziehen sie erst bleiben gelassen hatte als ihr klar geworden war, wie wenig sie sich mit derlei Gebrauchsanweisung einen Gefallen tat.

Sie räusperte sich, räusperte sich wieder. Betont beiläufig erkundigte sie sich:

»Wie lange leben sie eigentlich schon auf der Straße ...«

»Seit zwei Tagen.«

Henner zog eine Schnute. Auch Frau Buddenbrook hatte in ihm nur einen Tippelbruder gesehen. Tippelbrüder fahren aber nicht Zug. Erst recht nicht durch die halbe Republik. Herzlich freute es ihn aber, als er bei Jette ein gelindes überrascht sein bemerkte.

155

»Dann sind sie also wirklich kein richtiger … oder doch?

»Ist das abhängig davon, wie lange jemand auf der Straße lebt? Ich bin Smo ...«

»Wer?«

»Smo ... es-äm-o«

»Vielen Dank, ich bin zwar nur eine kleine Azubine und ständig pleite aber ... « Das Ende des Satzes wollte ihr nicht mehr herauskommen. »Scheiße, scheiße, scheiße ...!« Wie gespitzt griff sie zum Telefon. Als sich plötzlich eine der Aufzugtüren bemerkbar machte, zwang sie sich zur Ruhe.

Seit sie im Kellers arbeitete hatte sich noch niemand über die Internetverbindung beschwert. Und ausgerechnet dieser van Wölfen war der erste und ausgerechnet jetzt ...

»Sie haben doch hier auch einen Computer und ich wette mit dem können sie online gehen ...« Herr van Wölfen blieb vor der Rezeption stehen, vor der er minutenlang hin und her gegangen war. Wie toll fuchtelten seine mit mindestens drei goldenen Ringen verzierten Hände umher. Überhaupt war er ein Mann, der seine Reden gerne mit ungebärdigen Gesten unterstrich. Auch deshalb widersprach ihm nur selten jemand.

»Mit dem geht es, richtig«, entgegnete Jette aufsässig.

»Wenn sie nicht so verdammt gut aussehen würden … Damit sie es wissen: ich habe hier schon eingecheckt und mit ihrem Chef Nächte lang Remi

156

Martin geschluckt da wusste ihr Vater nicht mal, dass er ihre Mutter irgendwann schwängern würde.«

»Hat sich dann aber so ergeben«, grummelte Jette vor sich hin. Im Akt ihrer Zeugung so etwas wie Zuneigung zu sehen konnte sie nur schwer. Besoffen übereinander hergefallen waren sie sicher aber nicht. Sie kannte keine Einzelheiten, keine Zusammenhänge. Gerade sie aber war nicht der Mensch, der solange in einem Sumpf stochert, bis er auf die Wahrheit stößt. Auch wenn sie sich bei Karin nach Informationen über ihre Eltern erkundigt hatte. Vielleicht war alles auch nicht so schlimm und es einfach nur die falsche Zeit für ein Kind gewesen. Was auch immer die falsche Zeit für ein Kind sein mochte. Ein Stopp nach dem anderen jagte sie durch ihr Gehirn. Wie meistens, wenn sich da oben etwas gefährlich zu verselbstständigen drohte.

»Was haben sie gesagt? Werden sie bloß nicht ...«

»Herr van Wölfen bitte …!« Jette verfiel ins Flehentliche. »Ich gebe ihnen mein Ehrenwort. Morgen funktioniert es wieder.«

Erst jetzt viel Herrn van Wölfen auf, dass er sich nicht alleine mit Jette in der Eingangshalle befand. Was er trotz seines Ärgers herzlich bedauerte. Nicht abschätziger, nicht penetranter hätte sein Blick sein können, mit dem er Henner bedachte, der, irgendein abgegriffenes Käseblatt in der Hand, sich nicht traute die beiden anzusehen.

»Ist das etwa ihr Freund?«, fragte van Wölfen.

Auch Jettes Blick schweifte zu Henner, der sich kaum noch rührte.

»Nein, ist er nicht«, antwortete sie knapp. Einen recht missmutigen Ausdruck formten ihre Lippen. »Der hat früher bei uns ausgeholfen, kommt mich manchmal besuchen, wenn er nichts Besseres zu tun hat. Ist doch so, Smo! Oder etwa nicht?«

»Smo ...? Der Bube heißt wirklich Smo?«

»Ja, tut er.« Schnell ergänzte sie: »Wenigstens manchmal ...«

Henner fühlte sich, als würde im nächsten Moment sein Herzschlag aussetzen. Nicht eine Silbe bekäme er jetzt heraus. Wie er auch als Kind keine Silbe herausbekommen hatte, wenn sein Vater heftig geworden war.

»Und ich bin Frank Sinatra«, entgegnete Herr van Wölfen. Lachend, mit leicht watscheligem Gang, begab er sich zu den Aufzügen. Als er in einem verschwunden war, ging Jette zu Henner. Wortlos stellte sie sich vor ihn.

»Und jetzt?«, fauchte sie.

»Ich tue ihnen nichts. Keine Bange.«

Henner merkte: Auch sie war am Anschlag. Doch jeden Moment den sie ihn noch hier sitzen ließ, gedachte er auszukosten.

»Das du bis Hamburg gekommen bist, nicht mal Geld für ein billiges Hotel hast, erst da draußen und jetzt hier abhängst und dann auch noch anzügliche Witze über meine Beine machst ist ehrlich gesagt schon genug getan.« Mit einem Hauch Versöhnlichkeit ergänzte sie: »Und das blöde Sie kannst du dir schenken.« Kurz davor wieder in Fahrt zu geraten, schob sie nach: »Aber vielleicht weißt du ja meinen Vornamen auch schon ...«

»Nein, den hast du mir im Chat ja nie verraten.«

»Weiß ich deinen?«

»Henner ...« Kaum noch zu verstehen war er und hätte ihr doch fast die schweißnasse Hand gereicht. »Übrigens danke, dass du doch nicht die Polente geholt hast.«

»Bedank dich bei dem Kotzbrocken von vorhin. Wenn der nicht wegen seinem scheiß Internet den Affenaufstand geprobt hätte ...« Sie log. Auch ohne den Kotzbrocken, der sie diesmal wenigstens nicht angebaggert hatte, hätte sie die Polizei nicht geholt, die heute hoffentlich auf ihre »Alles ruhig bei ihnen ...?«-Nummer verzichtete. Tief tief aus atmete sie. »Au Backe ...«

»Hast du es eigentlich mehr mit solchen Wix … Arschlöchern wie dem vorhin zu tun?«

»Nein!«

»An einem Punkt aber hatte der Typ absolut recht...«

»Der da wäre?«

»Du siehst schon verdammt gut aus. Ich versteh jetzt auch, warum du im Chat inkognito unterwegs sein wolltest. Da laufen einige Spinner rum.«

Überversorgt, wie sie mit Komplimenten Bertram sei dank mittlerweile war viel es ihr schwer sich zu bedanken. Trotzdem tat sie es. Wenngleich nicht ohne spitz hinzufügen. »Soll ja auch Leute geben, die mich dann einfach so ausfindig machen. Was versprichst du dir eigentlich davon?«

»Jemand wie ich verspricht sich schon lange nichts mehr«, gab er pampig und auf seltsam angenehme Weise betrübt zurück.

»Dann kannst du ja auch wieder nachhause fahren.«

Henner stand auf.

»Wenn das mal so einfach wäre ...«

Kapitel 16

Frau Branconi schnuppert Inselluft

Kaum munden wollte ihr der Gröner Hein, am allerwenigsten das fettige Speck neben der klitschigen Birne, die sie mit missmutigem Gesichtsausdruck tranchierte. Wie daheim Frau Schönbächler, ihr alterndes Faktotum, die Rumpsteaks, bevor sie der auch danach sabbernden Schar serviert wurden. Was ihr auch nicht schmeckte war, wie dieser vorwitzige Mann sie anglotze, während er von Tisch zu Tisch schlurfte, angeblich um die grünen, mit dicken Franzen versehenen Deckchen -ganz gewissenhafter Gastwirt- ordentlich in die Mitte zu rücken.

Abrupt legte sie Messer und Gabel beiseite, zwang sich zu einer freundlichen, leidlich koketten Mine.

»Sagen sie ...« Vergeblich bemühte sich Frau Branconi, die unverkennbare Mundart aus ihrer Sprache herauszuhalten. »Sie kennen doch sicher die Leute hier.«

»Viele sind es ja nicht«, rutschte es Gläsing mit einem schiefen Grinsen heraus, der bei seinem letzten Deckchen stand und viel zu spät, obendrein mit dem falschen Bein, aufgestanden war.

Wenigstes driftete, seit sich diese Frau hier aufhielt, die Gressieler Ponywelt und ihre launische, unberechenbare Inhaberin immer weiter weg, deren körperliche Offenlegung er nicht als Akt der Gnade verstehen wollte. Auch er war schließlich jemand. Zumindest hier. Das war genug, weil es kein richtiges anderswo mehr für ihn gab, was seit Langem nochmal so richtig auf ihm lastete. Richtig verstanden hatte er nie, warum er hier lebte.

»Sagen sie ...« -Frau Branconi legte einen fast feierlichen, geheimnisvollen Ton in ihre Worte- »… haben sie hier eigentlich einen Ammann oder so etwas?«

»Einen was?«, schoss es Gläsing heraus.

»Ich meine einen ...« -jetzt musste sie selbst überlegen- »… ich meinte einen Ortsvorsteher. So nennt man das glaube ich, bei ihnen in Deutschland.«

»Nein, haben wir nicht«, antworte Gläsing schroff, dessen Gesicht sich verfinsterte. »Aber eine Ortsvorsteherin haben wir ...«, fügte er in einer Mischung aus Häme und Gram hinzu, wobei der Gram deutlich überwog. »Und was für eine …!«

Sie bereute das Schäferstündchen. Seit Tagen spürte er es. Nichts war nachher von ihr gekommen. Nichts. Nicht einmal einen Kaffee hatte sie ihm am nächsten Morgen angeboten, war augenscheinlich nur

161

froh gewesen ihn endlich loszuwerden. Fast aber nur fast wäre ihm eine kleine Portion Eifersucht lieber gewesen. Die spürte er aber nicht, weil sie es gewiss nicht mit noch jemandem trieb.

Obwohl die Frage der Branconi keineswegs auf Freya Oesting abzielte kam ihr Jonas Gläsings Antwort mehr als gelegen. Zufrieden war sie, für den Augenblick. Plötzlichen Heißhunger vorgebend machte sie sich sogar wieder über den Gröner Hein her. Drei widerwillige Bissen später legte sie das Besteck energisch beiseite und diesmal endgültig. In leicht vulgärer Manier wischte sie sich den Mund, der immerhin bereits seit drei Tagen ohne Lippenstift auskam, mit einer der billig aussehenden, froschgrünen Papierserviette ab, die so gar nicht zu den Deckchen passten.

Gläsing, der sich ohne zu fackeln einfach zu ihr gesetzt hatte, staunte doch sehr als sein einziger Gast, in aller Nebenläufigkeit, bemerkte:

»Sie meinen sicher Frau Oesting ...«

»Woher ...?« Auch mit seiner eh nicht reich vorhandener Geduld war es an diesem schief geratenen Tag nicht zum Besten bestellt. »Ich bin nicht besonders ausgeschlafen, vielleicht bin ich auch nicht besonders schlau, also: Was wollen sie hier? Unser schmuckloses Inselchen dürfte wohl kaum zu ihren bevorzugten Urlaubszielen gehören. Von meiner bescheidenen Wirtsstube wollen wir besser gar nicht erst reden.«

»Und woran machen sie das fest?« Gesine Branconi wirkte amüsiert.

»So wie sie aus dem Hubschrauber gestiegen sind hätte man prompt meinen können, das Ding gehört ihnen.«

Die kleinen Drehflügler begeisterten ihn. Obwohl ihn keine zehn Pferde in ein solches Gerät brachten. Doch wann immer eine der blau weisen Kisten heran knatterte, regte es Jonas Gläsing wunderbar auf. Keine zweihundert Meter war der Landeplatz, der nur aus einem ins Gras gesprühten Kreis, mit einem H mittendrin, bestand, von seinem Haus entfernt. Ihm kam es gelegen. Seine Füße gebrauchte Jonas Gläsing nämlich nicht gerne. Zumindest nicht draußen.

»Vielleicht gehört mir das Ding ja auch jetzt.«

Laut lachte die Branconi auf, stand dem Manne doch der Mund offen.

»Ich habe doch nur einen Scherz gemacht!«, merkte sie belustigt an, während ihre frauliche Hand kurz seinen beharrten Unterarm ergriff.

Gläsing wurde es warm. Nein, mit der hier konnte Freya nicht mithalten, die es wenigstens verstand ihre Extravaganz in Schach zu halten. Egal wie sie mitunter mit ihm und anderen umsprang, rechnete er ihr das hoch an.

Recht gekünstelt hustete er in seine Faust, dann sagte er:

»Entschuldigung, ich wollte …« Sein müder Blick viel auf den Teller mit dem Gröner Hein, den er mehr im Halbschlaf und nicht unbedingt liebevoll zubereitet hatte. *Die* Spezialität seines Hauses. »Hat ihnen nicht besonders geschmeckt, was!?«

»Doch, doch, war aber zu viel.«

»Verstehe ...« Noch nie hatte er mit einem seiner Gäste so geredet. Doch jetzt dämmerte es ihm. Was nicht der einzige Grund für seinen Entschluss war, mit seinem Überraschungsgast netter umzugehen. »Sie werden da auch sicher anderes gewohnt sein ...«

»Gehts wieder los? Aber sagen sie: wo schlafen sie eigentlich?«

»Ich habe oben unterm Dach eine kleine Stube.«

»In der sie sich natürlich vor dem Schlafengehen den Nachtrock überstreifen,«, schweizerte Madame jetzt ungeniert.

»Stimmt. Und die Zipfelmütze.«

Jetzt konnte Frau Branconi nicht mehr an sich halten. Sie lachte und lachte. Von einem auf den nächsten Moment aber hielt sie inne. So lachte sie daheim nämlich nie. Erst recht nicht in Gegenwart des Schlawiners, dem ein feiner, von allen geschätzter Humor nicht abzusprechen war.

»Übrigens ...«, setzte Jonas Gläsing bedeutungsvoll an. »Frühstück gibt es um halb neun. Für den Fall das sie verschlafen, stelle ich ihnen Brötchen und Kaffee auf die Anrichte. Mit Kaviar kann ich ihnen leider nicht dienen und Prosecco habe ich auch nicht.«

»Ach sie ...!« Immer noch erheitert, schlug sie freundlich nach ihm.

Geschickt wich Gläsing, dem während des kleinen Scharmützels eine Idee gekommen war, zurück.

Auch Freya hatte natürlich, eher lustlos mit der Säuberung einer der Tränken befasst, den Hubschrauber gehört und sich über die ungewöhnliche Zeit seines Anfluges gewundert. Die Inselhoppers nämlich waren nur zu festgesetzten Terminen verfügbar. Außerhalb der Reihe flogen sie nicht. Gemessen an dem, was auf Gressiel zuweilen selbst im Hochsommer los war - nämlich herzlich wenig- kam ihr Einsatz einem kleinen Wunder gleich. Das Wunder eingefädelt hatte natürlich sie. Ein lärmendes Wunder, von dem anfangs nicht alle Gressielianer angetan gewesen waren, am wenigsten die Alten. Gläsing aber … ja ausgerechnet der war ihr damals beherzt beigesprungen. Hatte natürlich auch seine Chance darin gesehen, wie sich Freya, mittlerweile mit einer kraftspendenden Hühnersuppe an ihrem kleinen Küchentisch sitzend, recht verständnisvoll ins Gedächtnis rief. Die dampfende, fettige Brühe belebte sie, für die sie gerne über ihr Cholesterin hinwegsah. Nichts spräche dagegen Gläsing hinzuzubitten, ihm auch einen Teller vorzusetzen, gerade jetzt, wo es ein Thema gab, das keine Lappalie war. Aber auch er hatte zu tun. Sie beide hatten ihren Brass. Freya gefiel das. Doch als sich ihr Telefon bemerkbar machte wusste sie sofort, wer mit ihr sprechen wollte. Nur neben sich brauchte sie zu greifen und sie hatte das Ding in der Hand. Wütend pfefferte sie es zur Seite, nachdem die mit etlicher Genugtuung ausgestattete, sich fast überschlagende Stimme ihr verkündet hatte wer sich auf Gressiel aufhielt. Doch auch sie wusste jetzt, was sie zu tun hatte.

Kapitel 17

Der Riss

»Fräulein Oesting, warst du in meinem Büro ...?«

Jette erschrak fürchterlich, warf ihren Kopf, herum, noch bevor sie den klobigen Schlüssel ins Schloss gesteckt, ihr Zimmerchen aufgeschlossen und sich verkrochen hatte. Genau das brauchte sie nämlich jetzt. Zuviel prasselte auf sie sein.

» … nein ...«

»Jette … bitte … Mach es mir nicht noch schwerer!« Nicht eben hastig zog Marie-Ambrosine die Krankmeldung aus der Tasche ihrer Tracht. »Ich glaube die hast du im Kopierer vergessen ...«, bemerkte sie ruhig. Eine Ruhe die ihr einiges abverlangte, mehr noch die Enttäuschung darüber, wer ihr geradewegs ins Gesicht log.

»Ja gut, ich war in deinem Büro. Hab eine Kopie vom gelben Schein gemacht.« Sie verdrehte die Augen. Unwillig nahm sie Marie-Ambrosine die Bescheinigung ab. »Karin, gibt sicher Schlimmeres oder? Trotzdem danke.«

Jetzt konnte die Schwester, für die Jette eine Spur zu entnervt, zu oberlehrerhaft daherkam nicht mehr an sich halten.

»Gibt es, du hast Recht. Zum Beispiel fehlendes Vertrauen ... und dass wir dich hier hausen lassen mein ach so hübsches, von allen begehrtes Fräuleinchen, das hat ausgesprochen viel mit Vertrauen zu tun.« Immer lauter wurde die Stimme der sonst so Beherrschten, immer greller der Ton, der ins Schrille abzugleiten drohte. »Aber vielleicht ist es ja auch mit dem Vertrauen der Frau Siebenschön uns gegenüber auch nicht allzu weit her.« Anklagend zeigte sie auf den Schlüssel in Jettes Hand, deren starkes zittern die Nonne so gut es ging ignorierte. »Sonst würdest du nicht deine Türe ab … Kannst dich da drinnen ruhig austoben … Vielleicht bekomme ich ja auch irgendwann was ab ...«

Allmächtiger, was war in sie gefahren!? Nach Luft ringend hielt Marie-Ambrosine inne, starrte in Jettes hochrot angelaufenes, entgeistertes Gesicht, in dem die satten Tränen hingen. Noch bevor sie irgendetwas zu ihrer beider Beschwichtigung sagen konnte war Jette, den aufgeknöpften Dufflecoat eng um sich gerafft, an ihr vorbei die Treppe herunter gehastet. Laut war das Krachen, mit dem die Eingangstüre ins Schloss viel. So laut, wie es dieses leblose Haus noch nicht erlebt hatte.

Der Nonne wurde es schwindelig. Ihr Augenlid zuckte. Gerade noch gelang es ihr sich rücklings gegen die raue Wand zu drücken. Aschfahl geworden sank sie auf den frisch gewienerten, schwankenden Boden. Und alle da drinnen, in ihren winzigen Behausungen, hatten es mitbekommen.

In letzter Sekunde hatte sie die Abbiegespur verlassen, um stattdessen weiter in Richtung Hotel zu fahren. Laut gurgelte die Kassette im ausgelutschten Autoradio. Noch lauter war das aggressive Hupen hinter ihr.

Barclay James Harvest schöne Hymn, die sie so gerne mitsang. Nicht unbedingt sicher im Text, dafür umso lauter und in den falschesten Tönen. Feste drückte sie an dem Knopf herum, bis die Kassette endlich zum Vorschein kam.

Vorbei! Den Stuhl würde man ihr vor die Türe stellen. Bei Kika, deren Warnungen sie in Wind geschlagen hatte, könnte sie bleiben. Bei Bertram sowieso und sicher auch länger. Mit dem größten Vergnügen sogar. Gewiss war auch das, was ihr von Freya an Vorhaltungen blühte. Abermals wurden Jettes Klüsen, in denen die dezente Wimperntusche längst verlaufen war, nass. Zum Schwein war sie doch verkommen.

Sie setzte den Blinker, lenkte ihr Autochen auf den Seitenstreifen. Im Kellers konnte sie sich jetzt nicht blicken lassen, womöglich so tun als habe sie ihre Haarbürste vergessen. Wahrscheinlich viel ihr der alte Chef dabei noch vor die Füße. Über zwei Jahre lebte sie in dieser eigentlich doch so tollen Stadt und kannte nicht mehr als drei Orte näher. Bertrams gediegenes Haus, in bevorzugter Lage, zählte sie nicht dazu. Das hatte sie mit am Leib klebenden Klamotten und einem unmöglichen Gang verlassen. Da kroch es auch bereits wieder in ihr hoch, wie sie nur noch gezuckt, die Hände zu Fäusten gepresst und es unter Bertrams so dauernden wie lächerlich klingenden Anfeuerungen einfach herausgelassen, wie sie ihr Ohrläppchen zwischen seinen Lippen gespürt, sein schmieriges »Jette, Jette …!« gehört hatte.

Kapitel 18

Das Frühstück

»Und ...?« Freya biss in ihr krümelndes Brötchen. Was sie nicht daran hinderte fröhlich weiterzusprechen. Vor der da wollte sie bestimmt nicht die feine Dame markieren, die sie doch eh nie gewesen war. Auch wenn sie vielleicht und trotz der elendigen Schufterei, in den eher behelfsmäßig zusammengeschusterten Stallungen und auf den Weiden, immer noch so aussah. »Wie gefällt es ihnen denn bei uns?« Von unten herauf kam ihr harter, erwartungsvoller Blick. »Ich hoffe es gibt keinen Grund zur Beanstandung? Eine offizielle Beschwerdestelle haben wir hier leider nicht. Wir können aber noch schnell eine einrichten, wenn sie das wünschen. Der würde allerdings ich dann vorstehen ...«

»Guten Morgen ...« Frau Branconi vermied es Freya anzusehen. Dafür hingen ihre Augen an Gläsing, der wieder zwischen den Tischen umherschlich und den Unbeteiligten noch schlechter mimte als gestern. »Ich nehme an sie sind ...«

» ... Frau Oesting, richtig ... Oesting mit oe wohlgemerkt!«, wurde sie trocken und mit etlichem Unterton unterbrochen, den Gesine Branconi nicht zu deuten vermochte.

Die verharrte immer noch bei der Türe, durch die sie nichts ahnend, wenngleich mit dem festen Vorsatz getreten war Freya Oesting ausfindig zu machen. Das brauchte sie jetzt nicht mehr.

169

Freya süffelte an ihrem Kaffee. Alles in ihr war auf diesen Fremdkörper, der buchstäblich vom Himmel herab hier aufgeschlagen war, abgestellt. Auch wenn sie mit einigem Talent so tat, als ginge ihr nichts über ihr Frühstück.

Aber auch ihr blieb nicht verborgen, was für einen wohlgeratenen Menschen sie auf ihre spitzen Hörner nahm. Genauso wenig wie ihr verborgen blieb, dass Gläsing, der zu ahnen schien was sich anbahnte, nicht wusste für wen er sich mehr interessieren sollte. Irgendwie erheiterte es sie.

»Noch Kaffee, Freya ...?«, fragte der gedämpft. »Hab wohl zu viel gemacht ...«

»Ich will keinen Kaffee mehr. Aber hast du für deinen weiblichen Gast eigentlich nicht gedeckt? Jonas Jonas, wo bist du wieder mit deinen Gedanken?«

»Ich hatte für meinen weiblichen Gast gedeckt«, konterte Gläsing, wobei das auch irgendwie der Branconi galt.

»Ach übrigens ...« Freya, die sich bequem nach hinten lehnte und ihre nun freien Hände auf den Tisch legte, setzte eine scharfe Freundlichkeit auf. »Vielen Dank für die Email. Ich hatte noch gar keine Zeit ihnen zu antworten. Ich habe zwar nicht ihr Konto aber dafür muss ich arbeiten und zwar hart und viel. Aber jetzt sind sie ja auch da und können mir sicher sagen, woher sie meine Emailadresse haben. Mit der gehe ich nämlich nicht unbedingt hausieren. Hier legt man nämlich ausgesprochen viel Wert darauf in Ruhe gelassen zu werden. Wissen sie was das ist: Ruhe?«

»Ja ...«

»Schön, dann wissen sie also was Ruhe ist. Und ich wüsste jetzt gerne, wie sie an meine Email-adresse gekommen sind. Also ...!?«

»An so was ist leicht dranzukommen. Eine Email ist keine Telefonnummer.«

»Etwas in der Art sagte mir auch der Herr Re-staurantbesitzer bereits.« Etwas abfällig deutete sie in Richtung Gläsing. »Wie sind sie überhaupt auf mich gekommen? Ich stehe nicht auf ihrer Lohnliste ...«

»Nein aber sie standen im Holsteiner. Sie und ihr Hof.« Als fände sie damit bei ausgerechnet Freya Oesting Gnade, fügte sie noch hinzu: »Die Fotos ha-ben mir richtig gut gefallen. Nicht irgendwie gestellt oder so. Alles ganz natürlich. Schon toll, was sie auf-gebaut haben. Da kann man sie nur beglückwün-schen.«

»Na dann tun sie es doch.«

Ein Lächeln machte sich auf Freyas eben noch so eisigem Gesicht breit. Geplatzt vor Stolz war sie beinahe, nachdem sich vollkommen überraschend eine Journalistin aus Lübeck angekündigt hatte. Auch wenn die nur eine blutjunge Anfängerin gewesen war. Aber was für ein gelungener, ausführlicher Artikel! Ja, ausgerechnet sie -Freya Oesting- hatte es ge-schafft! Der späte Beweis lag auf ihrem selbst gebau-ten Schreibtisch. Und immer, wenn sie sich wie im Exil, umgeben von lauter notgeilen Dumpfbacken, vorkam las sie ein paar Zeilen in dem Bericht, den sie schon seit Wochen kopieren lassen und Jette schicken wollte.

171

»Wie kommen sie denn an den Holsteiner?«, blaffte sie. »Ihr Schweizer interessiert euch doch nur für Schokolade und Geld.«

»Sicher, und euren Nazis haben wir auch Unterschlupf geboten ...«

Der Punkt geht an dich, dachte Freya. Auch wenn selbst die Nazis und ihre Gräuel sie in der Schule nicht sonderlich interessiert hatten.

»Durch eine junge, ungewöhnlich hübsche Frau, die ich in einem Chatraum kennengelernt habe und die, wie sie mir erzählt hat, von hier kommt. Die hat mich darauf aufmerksam gemacht.« Mit perfekt gespielter Unsicherheit fragte sie: »Kennen ... kennen sie sie vielleicht ...?«

Freya, die glaubte sich verhört zu haben, warf Gläsing, der gerade mit Teller, Tasse und Besteck aus Küche geeilt kam, einen vielsagenden Blick zu.

Jonas Gläsing verstand.

»Hier kennt jeder jeden«, klärte er auf.

Aber auch die Branconi hatte verstanden.

»Sie habe ich nicht gefragt«, zischte sie in seine Richtung. »Also Frau Oesting, meine Frage war: Kennen sie sie?«

»Wer hier wen kennt ...« - Freya pulte mit ihrem Finger im Gaumen herum, was genauso unappetitlich aussah, wie es aussehen sollte. - »... geht sie absolut nichts an. Aber mich geht die Sache mit dem Zeitungsartikel etwas an.«

»Den im Holsteiner?«

»Sie wissen genau welchen ich jetzt meine.«

»Ach, *den* Zeitungsartikel.« Frau Branconi tat unschuldig. »Den habe ich lanciert.«

172

Auch wenn Freya die genaue Bedeutung des Wortes lanciert nicht kannte konnte sie sich doch zusammenreimen, was gemeint war.

»Um den Maulwurf aus der Höhle zu locken?«, bohrte sie unfreundlich nach.

»So ungefähr.« Obgleich ihr langsam zu Bewusstsein kam, was sie losgetreten hatte wuchs in der Branconi der Groll. Trotzdem wagte sie einen kleinen Vorstoß, in Richtung Entspannung: »Frau Oesting, wieso sind sie so gemein? Hier hat niemand etwas von mir zu ...« Sich erinnernd wie gemein sie im Zug gewesen war brach sie ab.

Immer noch ließ sich Freya nichts anmerken. Schwer viel es ihr. Wie verdammt klein die Welt doch war.

»Wo möchten sie denn sitzen?«, fragte Gläsing höflichst.

»Natürlich sitzt unsere Schweizer Vertretung bei mir«, bekam er prompt von Freya zu hören. Aber da war die Schweizer Vertretung bereits verschwunden.

»Sie kennt Jette?«, platzte es aus Gläsing heraus. Deutlich anzusehen war ihm die Verblüffung, die auch in Freya immer größer wurde.

»Scheint so.«

»Und wo ist sie jetzt hin?«

»Keine Ahnung. War plötzlich weg. Vielleicht schwimmt sie ja ans Festland.«

»Ich glaube ...«- Gläsings Augen geisterten umher. Er knallte die Sachen auf den Tisch- »... du solltest dich bei ihr entschuldigen.«

173

»Wieso? Weil ich ihr hoffentlich, für die nächstem hundert Jahre, den Geschmack an unserem Inselchen vermiest habe?«

Niemals würde sie sich entschuldigen. Was auch Gläsing klar war. Umso eindringlicher mahnte er:

»Pass bloß auf. Irgendwann bringt dich dein schroffes Mundwerk in Teufels Küche.«

»Ich war nicht schroff!«, protestierte sie leicht belustigt. Nirgendwo kannte sie sich besser aus als in Teufels Küche. Hier und jetzt war sie fast stolz darauf.

Kapitel 19

Im Anflug

Sie lauschte dem schlagenden, sich auf einer rostigen Stange drehenden Windsack und wünschte sich nichts sehnlicher als diesen scheiß Hubschrauber herbei. Einen festen Tag hatte sie nicht mit den Helicopterjungs vereinbart, erst recht keine Uhrzeit, lediglich in recht bestimmendem Ton erklärt sie ruft an, wenn sie abgeholt werden will. Das Bedürfnis verspürte sie jetzt! Doch einmal musste sie noch zurück. Wegen der Rechnung, für ihre Übernachtungen, und den paar Sachen, von denen sie nur das Telefon wirklich brauchte. Auch wegen dem Schlawiner, der vielleicht anrief, um sich nach ihrem Befinden zu erkundigen.

Über hohe, gebogene Gräser hinweg blickte sie rüber zum Gasthaus, aus dem im selben Moment

Freya Oesting kam, gefolgt von einem heftig gestikulierenden Gläsing. Die beiden kannten sich, kannten sich näher. Viel näher. Bereits im Frühstücksraum hatte sie es gespürt. Wie man als Frau so etwas eben spürte. Der da drüben, die sich keinen Moment nach dem aufgebracht scheinenden Mann hinter ihr umdrehte, sondern einfach, im strammen Stechschritt, wie selbst sie es nicht fertigbrachte, weiterging hatte sie nichts entgegenzusetzen gehabt. Nichts das gewirkt und dieser unmöglichen, ungehobelten Person und ihren respektlosen Attacken Einhalt geboten hätte. Ein kleines Lob schickte die Branconi dennoch an sich, weil wenigstens sie sich -von den Nazis vielleicht abgesehen- beherrscht hatte. Als sie einige Minuten später Jonas Gläsing gesenkten Hauptes alleine zum Haus zurück gehen sah, machte auch sie sich auf den Weg zurück zur Gaststätte, innig hoffend Frau Freya Oesting möge nicht noch einmal dort auftauchen.

»Dass sie so schnell gekommen sind ...!« Sie brüllte mehr in das kleine Mikrophon, vor ihrem Mund, als das sie sprach, wobei sie die dicken Kopfhörer feste an die Ohren presste. Doch fast kippte ihre seit dem Abheben wieder besser gewordene Stimmung, als sie hinzusetzte: »Noch eine Nacht auf diesem Sandhaufen ...« -eine Hand nahm sie vom Kopfhörer herunter, deren Daumen nachdrücklich nach unten zeigte- »... und ich wäre wahnsinnig geworden.« Helfen tat es nicht, aber nicht, dass es schiefgegangen war wurmte sie, sondern wie es schiefgegangen war. So einfach war es gewesen. Nur eben nicht für sie, die für alles Einfache doch ein fast lebenslanges Abonnement zu haben schien. Regelrecht ehrerbietig dachte sie an den Schlawiner. Er hätte die Angelegenheit anders geregelt. Der Schlawiner bekam was er wollte. Wie er auch sie bekommen und sogar -mit einigen Einschränkungen- behalten hatte.

Jackelsen, den sie alle nur Jack nannten, weil sich damit sein sperriger Vorname erledigt hatte, drückte den Steuerknüppel feinfühlig nach vorne, um über Gläsings Wirtshaus Fahrt aufzunehmen.

Sandhaufen …? dachte er, der Gressiel von allen Boddeninseln am liebsten anflog, weil dort mehr Einheimische als Touristen waren, angesäuert. Dass die Frau, die bereits zum zweiten Mal neben ihm saß das ändert wollte und sich dabei eine richtig dicke Klatsche eingehandelt hatte; weit weg war er von diesem Wissen, nicht aber von ihrer properen Weiblichkeit. Weswegen er nicht besonders erbaut gewesen war, sie auch wieder abzuholen.

Flüge aber brauchte er. Jeder Flug, den er sorgfältig in sein Flugbuch eintrug war, einfach nur geil für ihn. Von Sven wenigstens als Pilot auf Abruf beschäftigt zu werden; mehr als dankbar war ihm Jackelsen dafür, dessen Vater mit Svens Erzeuger zusammen beim Bund gewesen war. Wo sie wie die Säue gesoffen sich aber auch nüchtern glänzend verstanden hatten. Obgleich Jack, der noch nicht lange die Lizenz zum Führen eines Hubschraubers besaß, für die er sich hatte mit weit über 50000 Euro verschuldet, Vitamin B hasste -ohne das er jetzt vielleicht

176

LKW fahren müsste. Immer besorgter stimmten ihn seine Verbindlichkeiten, für die sein Vater gebürgt hatte. Obendrein war er seit knapp zwei Monaten auch noch verheiratet und sein blasses aber recht lebendiges Frauchen in bester Hoffnung. Auch deshalb würde er lieber heute als morgen in die Stammmannschaft seines energiegeladenen Kraftprotzchefs, der manchmal sogar in voller Montur im Hangar schlief, vorrücken und lieber sofort als gleich von der Lady neben ihm befreit werden. Auch wenn Hauke-Hinnerk Jackelsen wirkte wie ein Allotria; felsenfest waren seinen Prinzipen, denen seine aufreizende Fracht schlicht zuwiderliefen.

»Wenn sie kotz ... ich meine, wenn ihnen schlecht wird; die Beutel sind an derselben Stelle ... Sie kennen sich ja schon aus, in unserem gemütlichen Fliewatüut. Haben wir extra für sie warmgehalten.«

»Ist das wirklich derselbe Hubschrauber, der mich hergebracht hat?«, fragte sie interessierter als sie war.

»Die HKLM, ja. Aber der Hubschrauber hat sie nicht hergebracht, sondern ich habe sie mit dem Hubschrauber nach Gressiel geflogen«, klärte er die Sachlage.

Seit er sieben war und mit kleinen bunten Bausteinen die abenteuerlichsten Fluggeräte zusammengesteckt und mit einer Taschenlampe angestrahlt hatte wollte er einen Hubschrauber fliegen. Es war nicht einfach gewesen. Nicht zuletzt wegen der umfangreichen Theorie, deren Beherrschung er erst beim zweiten Versuch erfolgreich hatte unter Beweis stellen können.

177

Als er den Helikopter steil nach oben zog, drückte sie die Handflächen auf die Oberschenkel ihrer zusammengepressten Beine, bog den Rücken durch bis es schmerzte.

»Entschuldigung ...« Jackelsen sagte es, als täte es ihm leid. Doch besser so als sich auszumachen, wie sie unter ihm abging.

Frau Branconi machte dicke Backen, ließ die Luft zwischen ihren trocken gewordenen Lippen entweichen. Nicht sonderlich beruhigte es den flau gewordenen Magen. Wieder drückte sie den Kopfhörer an die Ohren.

»Sie schätzen mich nicht sonderlich, was?«, schrie sie, wobei sie ihren Piloten eifrig anschielte. Mit seinen nach hinten gegelten, nackenlangen Haaren und der Zahnlücke konnten sie ihn nicht anders als hoffnungslos unattraktiv empfinden. Unattraktiv aber nicht uninteressant.

»Fürs schätzen werde ich nicht bezahlt. Meine Aufgabe ist es meine Passagiere sicher dort hin zu bringen, wo sie hingebracht werden wollen. Und bis jetzt ist mir das gelungen.«

»Sicher ...?« Für den Moment wieder quietschvergnügt lachte Gesine Branconi auf. »Das habe ich gemerkt ...«

Jackelsen der Pilot merkte auch etwas. Nämlich, dass es über ihm nicht rund lief. Hochkonzentriert inspizierte er den Drehzahlmesser, dessen Nadel mehr zitterte als sie es gedurft hätte. Immerhin: der Tankanzeiger stand dort, wo er stehen sollte.

»Stimmt etwas nicht?«, hörte er sie plötzlich fragen.

178

Argwöhnisch blickte er sie an. Regelrecht zu genießen schien sie den Flug plötzlich, und die Hände am Kopfhörer hatte sie auch nicht mehr. Stattdessen schaute sie auf auf das gräuliche, sich kräuselnde Meer, das unter ihnen vorbei jagte, denn hoch waren sie nicht unterwegs.

Keinerlei Lust verspürte er ihr einen beruhigenden Vortrag darüber zu halten, dass ein Hubschrauber nicht unbedingt abstürzt, wenn der Antrieb ausfällt. Ihm hatte man dasselbe verklickert. Als es dann darum gegangen war einen solchen Notfall vielleicht praktisch durchzuspielen; auf Grundeis war ihm der Allerwerteste gegangen. »Muss ja nicht ...«, bläute er sich ein. Ungefähr zehn Minuten blieben noch, bis sie über Land waren. Zehn Minuten, die verflixt lang werden konnten.

»Ich habe sie was gefragt?« Ins krass unhöfliche verfiel sie, sich vermaledeiend, weil sie dazu nicht bei dieser unsäglichen Freya Oesting in der Lage gewesen war.

»Alles ok«, gab er lapidar zurück. »Regen sie sich nicht auf.«

»Gehören sie auch zu denen, die schöne Frauen für eine Tschumpel halten?«

Jackelsens Kopf schoss herum.

»Für eine was ...?«

»Für einen Idioten. Das Wort kennen sie aber, oder?«

»Nein, wieso?« In immer kürzeren Abständen lenkte er, der nun auch deutliche Vibrationen spürte, seinen aufmerksamen, regen Augen über die Instrumente. »Hören sie, ja, wir haben ein kleines technisches Problem.« Unwirsch schob er nach: »Aber mal noch fällt die Kiste nicht auseinander. Also bleiben sie cool. Entspannen sie sich. Denken sie an ihren Mann. Sie haben doch sicher einen, wahrscheinlich sogar den absoluten Superkracher.«

Dass das jetzt nicht besonders professionell und er selbst auch nicht gerade vor abgeklärter Gelassenheit überquoll; unbeschadet daheim ankommen wollte er. Sonst nichts. Noch weiter nach oben steuerte er den Helikopter. Höhe war seine Versicherung. Höhe verschaffte ihm Zeit. Gefährlich wurde es erst, wenn der Boden nahte.

Fliegen ist landen ...
Fliegen ist landen ...

Jetzt sprach er es sogar aus, wenn auch sehr leise:

»Fliegen ist landen …«
»Fliegen ist landen …«

Energisch drückte er den winzigen Knopf am Steuerknüppel.

»D-HKLM von Bremsbeck Start kommen.«
»Bremsbeck Start hört.«
»Christa, hol mir sofort Sven ans Micro.«
»Was ist lo … ok warte ...«
»Mädchen mach ...«, zischte er. Schweißnass waren seine Hände. Er glaubte nicht, was ihm plötzlich in die Nase stieg. Wieder schoss sein Kopf in ihre Richtung: »Sind sie wahnsinnig?!« Im Nu hatte er den Steuerknüppel zwischen seine Beine geklemmt, ihr die Zigarette aus der Hand gerissen und auf seiner Seite nach draußen befördert.

Frau Branconi blieb ungerührt, stellte aber unmissverständlich klar:

»Ich gehe davon aus, dass wir gleich baden gehen werden. Da darf ich doch vorher noch eine rauchen ...«

»Sie sind doch ein selten dämliches ...«

»Jack hörst du mich?«

Er hörte, ja doch, aber nicht gut. Das Rauschen und Knistern empfing er umso besser. Viel Luft nach oben hatte Jackelsens Puls jetzt nicht mehr. Drauf und dran war er der Frau neben ihm beizupflichten. An seine eigene, die ihn gleich abholen wollte und sicher wieder ein Theater veranstaltete, als habe sie ihn Monate lang nicht gesehen, dachte er nicht mehr und immer noch hatten sie das verfluchte Wasser unter sich.

»D-HKLM hört. Sven, ich habe hier Leistungsabfall und Vibrationen.«

Auch Sven, der mittlerweile über zwölfhundert Flugstunden auf dem Buckel hatte, war nicht als Fliegerass zur Welt gekommen. Nur zu gut konnte er nachvollziehen welche Überwindung es Jackelsen kosten würde das Triebwerk abzustellen. Was ausschließlich die Entscheidung seines unerfahrensten Piloten war. Die Störungen im Antrieb waren für den Gründer und alleinigen Gesellschafter der Iselhoppers nicht der Punkt. Es waren die Vibrationen, die wahrscheinlich erst dann verschwanden wenn der Heli entweder im Meer oder in tausend abgebrannten Stücken auf dem Acker lag.

»Höhe ...?«

Jackelsen starrte auf das Instrumentenbrett.

181

»Knapp tausend Fuß ...«

»Ok ...« Sven legte die Hand über das Tischmikrohpon. Und an Christa, die mit verkniffenem Mund neben ihm stand: »Wenn Jacks Nervensäge von Frau gleich hier auftaucht, fährst du mit ihr einen Kaffee trinken. Ich will die nicht hier haben!« Als er merkte wie bleich seine Dauerfreundin, mit der er im Grunde nur noch eine sporadische Bettbeziehung führte, geworden war fügte er weniger bestimmend hinzu: »Und dich auch nicht.«

Christa nickte. Dann hastete sie die grobe Aluminiumtreppe des Kontrollturms, der mehr einem größeren, komfortableren Hochsitz glich, hinunter. Frau Jackelsens alten Mini Cooper, aus dem ihr ein Arm überschwänglich entgegen winkte, hatte sie nämlich bereits um die Kurve flitzen sehen.

Sven nahm seine Pranke vom Mikrophon.

»Sonst alles ruhig bei dir?«

Jackelsen, der natürlich begriff wer gemeint war, schielte vorsichtig neben sich, wo er wieder auf eine einigermaßen in sich gekehrte Gesine Branconi traf.

»Alles ok.«

»Du müsstest die Küste gleich unter dir haben. Kannst du das bestätigen?«

Das konnte er und er tat es mit einiger Erleichterung, die sofort der Erkenntnis wich: Jetzt ging es ans Eingemachte.

»Jack, pass auf. Du legst jetzt noch 300 Fuß drauf. Dann schaltest du die Kiste aus. Danach hast du zwei Sekunden Zeit den Knüppel nach vorne … «

182

»Erspar mir die Einzelheiten. Eine Lizenz habe auch ich. Ich weiß, wie eine Autorotation abläuft.« Als er für lange Sekunden in seinem Kopfhörer nur das Knacken und Rauschen hörte, schob er nach: »Sorry ...« Noch behutsamer als sonst zog seine linke Hand den Hebel nach oben. Feste haftete sich sein Blick auf den Zeiger des Höhenmessers. Elfhundert Fuß … zwölfhundert … dreizehnhundert … »Ich schalte die Kiste jetzt aus ...«

»Leg noch hundert Fuß drauf.«

»Ok ...«

»Sie werden den verdammten Motor nicht ausstellen ...«, schrie Frau Branconi plötzlich dazwischen, die wild am simplen Drehverschluss fummelte, der ihre 4-Punkt-Gurt zusammenhielt. Den hätte sie auch heute nicht ohne die Hilfe des Piloten anlegen können. »Ich bezahle sie und sie werden alles unterlassen, was mein Leben aufs Spiel setzt!«

»Sven, ich habe hier doch noch ein Problem«, stieß Jack ins Mikrophon. »Ich breche jetzt ab. Haltet meine Frau in Schach und ich versuche mit der Dame neben mir dasselbe. D-HKLM Ende.«

Sven hatte das Problem keifen gehört. Ohne seinerseits das Funkgespräch ordnungsgemäß zu beenden ließ er sich, schwer wie ein Sack geworden, zurück in die hohe Lehne seines Schreibtischstuhls fallen.

»Wenn das mal nicht in die Bux geht ...«, murmelte er, der der Ausgeflippten in dieser Situation schlicht eine gelangt hätte. Genau das traute er Jack aber nicht zu, der viel zu gutmütig und meistens auf Harmonie gebürstet war.

Aber auch der Gutmütige hatte sich zu helfen gewusst, den Steuerknüppel, von einer Sekunde zur anderen, in die linke Hand genommen und mit der rechten das Knick der Branconi so feste gepackt, dass diese meinte zu ersticken.

»Ich mache den Gurt auf und schmeiße sie raus. Keine Angst, sie werden nicht viel vom Aufschlag merken.«

»Nein! Lassen sie mich los! Sie sollen mich loslassen!«

Schließlich hatte er lautlos von drei heruntergezählt und bei null angekommen das Triebwerk abgeschaltet. Als er wenige Minuten später sein Fluggerät neben einer Weide aufsetzte konnte er weder verhindern, dass sich der Helikopter um die eigene Achse drehte und dabei fast auf die Seite gekippt wäre, noch das Gesine Branconi laut aufschrie. Dann war es still, lange Minuten war es still, in der engen Kanzel, in der Jack es vorkam als ersöffe er in seinem eigenen Adrenalin. Endlich brachte er das Einzige heraus, was er auf der Zunge hatte:

»So Gnädigste, jetzt können sie aussteigen …«

Kapitel 20

Henner muss gehen

Jette drehte ihr Pocketradio auf volle Lautstärke. Zu spät. Das Wetter wurde bereits verlesen. Das hatte für die nächsten Tage nichts als Regen und sogar ein starkes Gewitter im Angebot. Sie mochte Gewitter. Manchmal auch den Regen. Zumindest wenn er schön warm war. Aber jetzt waren ihr die Aussichten schnuppe.

» … Gressiel? Hat der etwa gesagt, dass der Hubschrauber von Gressiel kam?«, fragte sie aufgeregt.

»Ja, von Gressiel ...«, bestätigte Henner leise, der sich weder angesprochen fühlte noch verstand, warum sie plötzlich derart aus dem Häuschen war.

Wird sie schon nicht dringesessen haben, beruhigte sie sich still. Nicht auch noch mit Freya wollte sie sich jetzt beschäftigen, die es sicher glänzend verstand auf sich aufzupassen.

Unverhohlen, mit einem zur Schnüss verzogenen Mund, blickte sie auf seine sich in beständiger Unruhe knetenden Finger. Er war nervös. Das war offensichtlich. Nervös und reichlich gehemmt. So gehemmt, wie sie jetzt hoffentlich nicht mehr war.

»Nicht so einfach, sich mit dir zu unterhalten«, bemerkte sie gereizt. Noch kiebiger setzte sie hinzu: »Im Chat warst du anders.«

Wenigstens war dieser Jost Bertram, bei dem sie sich auch nicht gerade besonders redselig präsentiert hatte, nicht mehr allgegenwärtig. Auch wenn sie immer forderndere Simsen von ihm erhielt, die sie allesamt und zunehmend leichter ignorierte. Genauso wie sie die Möglichkeit ignorierte, ihr Handy einfach auszuschalten.

»Seit wann wollen sich denn Frauen mit Männern unterhalten?« platzte Henner, der kaum fassen konnte wo er sich befand, in ihre Überlegungen hinein. Möglichst bedeutungsvoll wollte er dreinschauen. Gründlich misslang es ihm. Wie er auch auf sie wirken musste? Wahrscheinlich wie der letzte Idiot. Aber wie sie lebte! Beinahe noch bescheidener als er selbst. Vor allem aber *wo* sie lebte … Henners Erstaunen war wirklich groß.

Jette stemmte die Hände in die Seiten, stellte sich geradewegs vor ihn.

»Hast anscheinend scheiß Erfahrungen gemacht, was?«, ranzte sie.

»Sehe ich etwa so aus, als hätte ich gute gemacht?« Besäße er doch den Mut, sie jetzt einfach irgendwo gegen zu drücken. Er beneidete Männer, die das fertigbrachten.

»Nein.«

»Siehste!«

»Was willst du überhaupt hier, wenn du alles so negativ siehst?« So richtig in Angriffslaune fühlte sie sich.

»Du hast mich doch mitgeschleppt!«, empörte sich Henner. Ob es in jedem Leben einen Punkt gab, an dem man nur noch versuchen konnte die Haltung zu bewahren? Er kannte diese Punkte …

Jettes Augen bohrten sich ins Nirgendwo. Ja doch, sie hatte ihn mitgeschleppt. Woran sie nicht erinnert werden brauchte. Erst recht nicht von ihm. Vermutlich aber säße er gar nicht hier, wenn sie nicht doch zum Hotel gefahren und ihn zufällig auf der Bank, auf der auch sie zuweilen in der Mittagspause saß und sich hängen ließ, entdeckt hätte. Ein Kerl in diesem Hause! Trotz Marie-Ambrosines klare, wenn-

186

gleich im Ton immer noch sympathische Ansprache, am Tage ihres Einzugs:

Damit du es weißt, junge Dame: Wir haben nichts gegen Männer, überhaupt nicht haben wir gegen Männer. Auch wenn viele das denken. Aber hier wollen wir sie nicht haben. Und diesem Wunsch wirst du dich sicher anschließen. Jedenfalls hoffen wir, dass du dich trotzdem bei uns wohl fühlst.

Neulich im Park hatte das allerdings anders geklungen. Und noch viel anders hatte Marie-Ambrosine wegen der blöden Krankmeldung geklungen. Jette musste sich zusammennehmen. Ohne Verabschiedung davongemacht hatte sich Karin, war einfach, mit versteinertem Gesicht, in ein Taxi gestiegen, von dessen klackendem Diesel sie aus dem eh leichten Schlaf gerissen worden war. Rasch hatte sie sich aufs Bett gekniet, den Vorhang vorsichtig ein Stück zur Seite geschoben. Wie allein war sie sich da plötzlich in diesem Geisterhaus vorgekommen. Allein und zurückgelassen.

Sie wurde nicht fertig mit all dem Scheiß, der sich um ihre Seele legte, wie ein stickiges feuchtes Tuch. Und mit dem da vor ihr, der fast platze um einen zusammenhängenden Satz zustande zu bringen, wurde sie erst recht nicht fertig. Aber wenn er schon mal da war:

»Ich hab …« -Jette stockte- » … ich hab dir doch im Chat von dem alte Mann erzählt, der in der Kirche immer absichtlich in meiner Nähe sitzt ...«

»Der dich begrabscht hat.«

»Ja, aber nicht krass oder so.«

Henner blies durch die Nase. Nicht viel, weil sie es nicht bemerken, weil sie nicht denken sollte er ist genervt oder sogar verletzt. Aber viel zu lange doch hatte er den Feuerwehrmann gespielt. Seine Paraderolle.

»Hab mit ihm geschl ...« Jette pfiff sich zurück. »Wieso erzähle ich dir das?«, mokierte sie sich, als könnte er nur das Geringste dafür. Wie ferngesteuert begab sie sich zur Türe, die sie vorsichtig öffnete. Ebenso vorsichtig lugte sie hinaus. Sie drehte sich um. »Verziehst du dich jetzt bitte? Hast mich ja jetzt auch getroffen. Solltest vielleicht mal an dir arbeiten. Ich wünsche dir ein schönes Leben.«

Daran zweifelte Henner, der weder vor hatte an sich zu arbeiten geschweige denn auch noch diese volle Kelle einfach hinunterzuschlucken. Den Scheißdreck wünschte sie ihm. Alles nur Blabla, leeres Gewäsch, Floskeln. Tolle Frauen wünschten nur sich selbst das Beste. Und sie bekamen es! Für mindestens eine Nacht. Was er in eher versöhnlichen Momenten für ein genetischen Problem hielt, dem schwer beizukommen war.

Abermals spähte sie hinaus. »Wenn jemand fragt, sagst du einfach du hättest mir eine Pizza gebracht«, ordnete sie selbstbewusst an.

»Welche?«

»Denk dir eine aus.«

»Magst du denn Pizza?« Dicht hinter ihr stand er plötzlich, merkte wie es wieder schwierig wurde mit dem sprechen. »Chatten willst du sicher auch nicht mehr mit mir, oder?«, brachte er trotzdem noch gerade ebenso heraus. Was er sich auch hätte sparen können, denn natürlich wollte sie genau das nicht.

»Nein, ich mag keine Pizza!«, antwortete sie entschlossen, wenn auch nicht wahrheitsgemäß. »Und nein, ich will auch nicht mehr mit dir chatten! Hättest das Gequatsche vielleicht nicht so ernst nehmen sollen.« Entschlossen ließ sie Henner an sich vorbei, auf den Flur gehen. Als der unvermittelt stehenblieb, setzte sie hinzu: »Jetzt weiß ich ja auch wer du bist.« Was sie nicht wusste war, wie sie das eigentlich meinte.

Eingeklemmt zwischen zwei großen gelben Abfallbehältern lag der Stadtdirektor a.D. halb auf dem Rücken. Widerlich säuerlich roch es um ihn herum. Er würgte. Die rechte Handfläche, mit der er zuerst aufgeschlagen war, brannte, brannte entsetzlich. Er ballte sie zur Faust, streckte den Arm, was ihn vor lauter Weh die Zähne zusammenpressen ließ. Wieder und wieder versuchte er sich aufzurichten. Doch jedes Mal holte ihn der glitschige Untergrund zurück und beim letzten Versuch, als er es fast geschafft hätte, derart heftig, dass er abermals gegen einen der Abfallbehälter krachte, er hart auf seine linke Schulter aufschlug und beinahe laut aufgeschrien hätte.

Groß war die Wut, mit der er dennoch herauspresste:

»Was wolltest du bei ihr, du Mistkerl!?« Er stöhnte. Hektisch grapschte er in seiner Hosentasche, in der er endlich zu fassen bekam, was er fassen wollte. »Was hattest du bei ihr verloren, du ...?«

Henner, der in diesem Moment ein Jahr seines nicht nur missratenen Lebens für eine einzige richtige, egal wie dünne Zigarette geopfert hätte spähte zögernd in Richtung der Müllbehältnisse, deren Umrisse kaum erkennbar waren. Plötzlich erlosch, mit einem leisen Klack, die kleine Lampe über dem Hauseingang der Schwestern des heiligen Bernadetto. Nur noch fahles Licht drang von den orange leuchtenden Straßenlampen herüber.

»Hallo ...?«, rief er so leise wie verängstigt aus. »Hallo ...?«

Nicht einen Schritt weiter wagte er sich. Kein anderer als er war nämlich gemeint. So aber wollte er bestimmt nicht gemeint sein und jetzt umfing ihn die nackte Furcht, aus die er sich erst recht nicht mit dem Gedanken stehlen konnte, dass ihn hier oben in der Elbestadt doch niemand außer Schnullerbacke und vielleicht der aufgeblasene Arschlochmann aus der Hotellobby kannte. Der aber hatte sich alles andere als jämmerlich, eher wie ein Diktator angehört.

Den Schuss registrierte er noch und auch wie seine Hände, aus einem letzten Reflex heraus, wie im Würgegriff an den Hals fassten, wie der Kopf nach hinten schnellte und er umkippte.

Dünne Rauchschwaden drangen zum Fenster herein, das sie sofort aufgezogen hatte, nachdem er verschwunden, seinen Geruch hinterlassen und sie nicht sicher gewesen war, ob sie sich richtig verhalten hatte. Hatte sie aber. Natürlich!

190

An ihrem ganzen, bis auf ein Shirt unbedeckten Leib zitterte sie.

Wieder knallte es ...

Sie riss sich den Kopfhörer herunter, den sie zu ihrem letzten Geburtstag von Kika bekommen und bis eben noch nie benutzt hatte. So hörte sie nicht mehr Toikons beinahe panisches »ist alles in Ordnung …?«, hörte sein markantes, vor selbstsicherer Männlichkeit nur so strotzendes Organ auch deshalb nicht, weil es in ihren Ohren pfiff und rauschte.

Sie sprang aus dem Bett, schlüpfte in ihre Strechjeans, streifte sich Schuhe und Jacke über und stürmte vors Haus, vor dem sich bereits sechs der Schwestern in einem Halbkreis aufgebaut hatten. Niemand betete. Niemand bemühte den Allmächtigen. Man erging sich im Entsetzen.

Jette quetschte sich zwischen zwei der Frauen hindurch, trat nahe heran an den Daliegenden. Über seinem Kopf sank sie langsam in die Hocke, schob ihre Arme unter seine Achseln. Mit etlicher Anstrengung zog sie den Leib zwischen ihre leicht geöffneten Beine. Leise genug strich der Wind durch die Bäume, um sein schwaches Röcheln noch zu vernehmen.

»Smo ...?« Als wolle sie ihn wiederbeleben, legte sie ihre Hände auf seine Brust, hinter der der Atem langsam entwich. »Smo ...!«

»Beim Müll liegt noch einer ...«, hörte sie jemanden hinter ihrem Rücken sagen. Auf eine verquere Art ehrfurchtsvoll klang es, noch dazu so als wäre es Jettes Aufgabe sich auch den anzusehen. Sie hörte es, wirklich aufnehmen tat sie es nicht. Trotzdem schaute sie zu den unordentlich dastehenden Müllbehältern,

191

zwischen denen seltsam verdrehte Beine herausragten. Dünne Beine, die in einer weiten Hose steckten, deren Farbe in der Dunkelheit nicht auszumachen war. Sie kannte diese krummen Beine. Dann brach es aus ihr heraus, wie noch nie etwas aus ihr herausgebrochen war:

»Will denn niemand Hilfe holen, ihr scheiß …«

»Das wirst du machen müssen!«, wurde ihr von irgendeiner, mit scharfer Kälte, das Wort abgeschnitten. »Du hast doch was damit zu tun. Seit du hier bist ist der Friede bei uns kaputt. Denkst du wir hätte nicht gemerkt, wie sich unsere Ambrosine verändert hat? Denkst du das etwa!?«

Jette legte den jetzt heftig zuckenden Körper zurück auf die Erde. Sie erhob sich. Leicht vornübergebeugt stand sie da, der Kopf eine einzige glühende Beule, die blutig gewordenen Hände an den verkrampften Armen zu Fäusten geballt. Als plötzlich gleißendes blaues Licht die Dunkelheit durchbrach und Autotüren feste zugeschlagen wurden rannte sie los. Rannte einfach durch die Dastehenden, dass mindestens eine der Frommen einen blauen Flecken davontragen musste, vielleicht sogar die die so schrecklich zu ihr geredet und mit ihrer Schimpfe doch nicht unrecht gehabt hatte. Jette merkte nicht, als sie jemand kräftig am Armgelenk packte und an sich riss. Als sie wieder zu sich kam wurde ihr von einem Mann, in einer rot gelben Weste, der Puls gefühlt.

Kapitel 21

Zwiegespräch und Fastfood

Derksen nahm den Stuhl aus der Ecke, den Doc Biersinger irgendwann dort hingestellt hatte, nachdem ihm ein alterndes Mütterchen bei der Identifikation ihrer sich zu Tode gefixten Nichte völlig unvermittelt zusammengeklappt und sich auf dem Fließenboden die Stirn aufgeschlagen hatte. Von Roland Derksen war derlei nicht zu erwarten, der das Stockerl nahe vor die Schublade stellte, in der Henner, von einer knisternden Halogenlampe unheimlich angepinnt, lag und so friedlich und entspannt aussah als wäre noch mehr als das nackte Leben von ihm abgefallen. Bieringer, der Derksens Schrullen zur Genüge kannte, hatte er bestimmt aber höflich hinausgeschickt. Recht gut verstanden sich die beiden. Für ein gemeinsames Feierabendbier hatte es dennoch nie gereicht.

»Na Junge, hat alles nicht funktioniert was ...?«, murmelte der müde Kommissar, während er erst des Daliegenden ungepflegte Fingernägel und dann das bläulich beige Gesicht eingehend betrachtete, von dessen Nasenwurzel tiefe Falten zum rissigen Mund führten.

Nein, hat es nicht ..., antwortete ihm sein überreiztes Hirn.

»Ich war auch in deiner Bude. Hast wenigstens immer schön aufgeräumt. Vorbildlich! Ich bin zu faul dazu.«

Hab ich, ja. Wenigstens daran wollte ich es nie merken müssen.

»Verstehe ...« Richtig anerkennend ergänzte Derksen sein Verständnis, um die lapidare Anmerkung: »Hast das Beste draus gemacht.«

Darin war ich immer schon Weltmeister.

»Ich auch… Hättest sie wohl gerne gefickt, was!?«

Ja ...

»Die Kleine ist schon eine Augenweide. Mein lieber Mann!«

»Und? Was hat er erzählt?«

Derksen zuckte zusammen, hatte er Biersinger doch nicht hereinkommen gehört. Feste schlugen seine Pranken auf die kurzen Beine. Er stand auf, was nicht unbedingt elegant aussah, zog das weiße, steife Laken mit den verblichenen Flecken wieder über Henner Bergs erloschenes Gesicht.

»Dass du elendiger Schnippler zu neugierig bist und ihm zu schattig bei dir ist. Aber warum guckt der so? Sieht ja aus als wäre er friedlich im Bett gestorben.«

Biersinger lächelte dünn und nicht ohne Nachdenklichkeit.

»So was habe ich auch noch nicht gesehen. Ach ja: Danke für die gute Zusammenarbeit all die Jahre. Wirst mir fehlen Roland.«

»Etwas in der Art hätte der da vermutlich auch gerne gehabt«, erwiderte Derksen, mit dem mächtigen Kinn auf den abgedeckten Körper deutend. Er trat ans Fußende, drückte die schwere Schublade mehr mit dem vorstehenden Bauch als den Händen zurück ins Fach, wobei er sich nicht helfen lassen wollte. »Wird Zeit, dass der Bursche unter die Erde kommt. Hat die Staatsanwaltschaft ihn endlich freigegeben?«

»Nein, aber ich rechne täglich damit. Kennst doch die Lahmärsche.«

»Was sind denn das für wüste Töne, Doc?«, erheiterte er sich, der deftige Worte von dem stets besonnenen Gerichtsmediziner in der Tat nicht gewohnt war.

Der erwiderte nur:

»Ach scheiße ...« Bevor er langsam, den Kopf auf die Brust geschoben, hinausging sagte er noch: »Vergiss nicht das Licht auszumachen, wenn du hier fertig bist. Und für den Fall, dass wir uns nicht mehr sehen: Alles Gute für dich.«

»Danke.«

Dass Derksen ihm dasselbe wünschte wusste Biersinger. Und dieses Wissen genügte ihm.

»Verschlucken sie sich bloß nicht!« Jette mimte die Pampige. Mehr konnte sie ihren angekratzten Nerven nicht entgegensetzen.

»Keine Sorge ...« Wieder biss der scheidende Ermittler Roland Derksen kräftig in seinen Burger, aus dem Remoulade auf den Tisch tropfte. »Sollten sie sich auch genehmigen. Ist wirklich gut!«

»Ich werde doch nicht in diesen Fraß beißen!«, wurde es ihm kaltschnäuzig entgegen gepfeffert. Im Schnellrestaurant, in dem zu Jettes grenzenloser Erleichterung erst wenige Leute saßen, rührten sich die Köpfe.

»Na in meinen sicher nicht.« Ein befremdlicher Klang lag in Derksens Stimme, der alles andere als ein Freund irgendwelcher Burgerkreationen war.

Einmal aber wollte er sie noch einpflegen, wie er es still und bissig nannte. »Kennen Sie den Streifen Harry and Sally?«

»Ja. Wie Harry sehen sie aber eigentlich gar nicht aus.«

»Dasselbe Problem scheinen sie auch mit Henner Berg gehabt zu haben. Sonst wäre er vielleicht der Glückspilz gewesen.«

Jette erstarrte. Mir nichts dir nichts aufgeschlagen war er im Hotel, hatte dem alten Kellers, der sie gerade wieder wegen nichts zusammen bügeln wollte, mit der Bemerkung den Dienstausweis unter den Zinken gehalten Frau Oesting ginge jetzt in die verlängerte Pause. Da habe er doch sicher nichts dagegen.

»Schon mal drüber nachgedacht, dass wir hier nicht säßen, wenn ich nicht so ein scheiß rothaariges Püppi wäre?«, fragte sie.

»Nein.« Sind sie denn ein scheiß rothaariges Püppi?«

»Ja ...«

»Davon abgesehen, dass ihre Haare eher brünett sind können auch sie nichts dafür, wie sie aussehen.«

»Nein aber dafür, dass ich es an der verkehrten Stelle ausgenutzt habe!«

»Haben sie das?«

»Leck mich ...«

Derksen, der ganz andere Gegenreden kannte, zog eine Augenbraue hoch. Wie sehr ihm diese Jette Oesting plötzlich parierte. Keine Spur mehr von der wie zerbrochen wirkenden Heulsuse, die sie, nachdem

196

sie ein Sanitäter aus der Ohnmacht geholt hatte, beinahe in Eppendorf hätten einliefern müssen. Die mit einem Hauch Bewunderung garnierte Verblüffung war dem Ermittler anzusehen. Vermutlich war das Mädchen stärker, als sie es sich selbst zugestand. Stärker oder durch das was passiert war stärker geworden.

»Beim Name van Wölfen klingelt es bei ihnen ...?« Seine Frage kam vollkommen unvermittelt und so beiläufig daher, wie jemand fragt der hundertprozentig sicher ist: die Antwort kann nur »ja« lauten.

»Auch so ein Arsch«, murmelte sie. Zwei Augenschlitze blickten ihn herausfordernd an. »Sagen sie schon. Sie haben mich doch sowieso im Sack. Macht ihnen wahrscheinlich auch noch Spaß mich zappeln zu lassen. Geht mir ja auch so gut derzeit.«

»Was soll ich sagen?«

»Was er wieder vom Stapel gelassen hat. Der feine Herr hat mich wahrscheinlich ganz schön gedisst. Dieser Wixer hat ein Ego, das in keinen Spiegel passt.«

»Wo haben sie denn den Spruch aufgeschnappt?«

»Hören sie, ich bin weder dumm noch einfallslos«, zischte sie.

Auch des Polizisten Blick wurde stechend.

»Einfallslos sind sie sicher nicht ...«

»Aber dumm?«

»Auch das nicht. Also was ist jetzt mit van Wölfen?«

»Nix...«

»Er hat ihn nachts in der Lobby sitzen sehen.« Derksen hielt inne. Nur stückweise wollte er schließlich die Schleife seines sehr speziellen Geschenks aufziehen. Das sah sie ganz richtig. Dann: »Und zwar genau in der Nacht als sie Nachtdienst hatten und sie sich fast mit ihm gezofft hätten.«

»Mit dem Jungen?«

»Kommen sie mir nicht blöd! Zudem war der Junge, wie sie ihn so abschätzig nennen, satte 11 Jahre älter als sie.«

»Na und?« Jetzt wurde auch Jette laut. »So aus sah er jedenfalls nicht.«

Von allen Seiten prasselten neugierige Blicke auf sie. Plötzlich tauchte ein junger Spund mit Elvistolle an ihrem Tisch auf. Mit Selbstsicherheit geradezu überschüttet fragte er, ob sie belästigt würde.

»Ja, ich belästigte die Dame und zwar richtig«, erklärte Derksen, wobei er seinen Ausweis auf den Tisch knallte. »Und wenn du dich und deinen Hintern nicht sofort hier wegbringst belästige ich auch dich und es sei dir versichert, dass du in deinem ganzen drei Tage alten Leben, indem du erst noch lernen musst dein Pimmelchen richtig zu drangsalieren, noch nicht so belästigt werden bist. Das kannst du getrost zur Bank tragen. Gibt es von einer Seite noch irgendwelche Unklarheiten?«

»Nein … Entschuldigung …«

Bereits herumgedreht hatte sich Elvis als Derksen ihn, mit einem langgezogenen »Moment …«, zurückbeorderte. Blitzschnell hatte er seine abgenutzte Geldbörse gezückt, der er einen 5-Euro-Schein entnahm. »Da du dich anscheinend gerne nützlich machst: Du gehst jetzt da vorne hin bestellst zwei Kaffee mit Milch und Zucker und bringst uns den.

Den Rest darfst du behalten. Hier ...! Ich bin nämlich noch nicht fertig mit meinen Belästigungen, und wenn ich einmal anfange zu belästigen höre ich so schnell nicht mehr damit auf.«

»Ok … «, sagte der noch unsicherer gewordene Elvis. Und so eilig, souverän und zielstrebig wie er von dannen zog hätte man ihn wirklich für einen Kellner halten können.

Totenstill war es in dem ungastlichen Raum der Braterei geworden, in dem der Mief von brutzelndem Fett in der sowieso schlechten Luft hing. Sogar ein paar freche Gesichter, mit über die Augen gehaltenen Hände, klotzen von draußen durch die schmalen, hohen Fenster herein, die anscheinend für Derksens donnerndes Organ nicht dick genug waren. Dass Jette vor seinem Gebrüll nicht in Deckung gegangen war; Derksen wunderte es nicht. Eine abgefeuerte Pistole war lauter. Seine hatte er in den ganzen langen Dienstjahren nicht einmal ziehen müssen. Fast ein Wunder war es für ihn.

Wohl wissend nichts aber auch rein gar nichts gab es zu lachen, presste Jette die Hand auf ihren Mund. Diesmal aber waren es andere Tränen, die ihr in den Augen standen und wie höllisch gut taten die, der sich zusammenschnürende Bauch und der in diesem Moment getroffene Vorsatz alles das irgendwie zu überleben.

»Was ist ...?« Derksen ließ sich seinen in die Höhe geschnellten Blutdruck nicht anmerken. Solche Ausbrüche waren nichts mehr für ihn. Er verfluchte sich, weil er Jette hatte imponieren wollen.

Die nahm die Hand vom Mund, mit der sie über ihr linkes Auge wische. Der Anfall war vorbei.

»Hab sie beide gekannt, aber wenn sie es unbedingt wissen wollen: nur den Alten habe ich rangelassen.« Ein merkwürdiges Lächeln zeigte ihr Mund, um den herum seit Tagen jede natürliche Farbe fehlte. Umso maskenhafter wirkte selbst noch die dünne Schminke, die sie wie ein in knallengen Jeans und Sweatshirt steckendes Rokokogirl aussehen ließ.

»Und beide haben sie gefunden, wenn auch jeder auf seine Art«, stellte der am Ende seines beruflichen Schaffens angekommene Kriminalbeamte fest. Er zeigte nach draußen. »Dem komischen Kloster da hinten beim Clauserviertel kann man sie noch weniger zuordnen als einem Wellensittich die Eisscholle.«

»Weiß ich. War aber nicht meine Idee da hin zu ziehen.« Hierhin und dorthin wanderten Jettes suchende, verschlafenen Augen, nur nicht hinaus, wo alles seinen geregelten Gang ging. Der sich für sie erledigt hatte. »Ich glaube ihr Kellner hat sich verdünnisiert ...«

Ohne sich selbst umzusehen, erwiderte Derksen:

»Das werden wir jetzt auch tun.«

Er wollte schon aufstehen, als Jette recht eindringlich fragte:

»An was ist er gestorben?«

»Wer? Bertram? Der hat sich erschossen.«

»Ich meinte Smo ...«

»Der *wurde* erschossen.«

»Wollen sie mich ärgern?«

»Schon gut. Ist verblutet oder an seinem eigenen Blut erstickt oder beides. Jeder stirbt anders. Übrigens ...« -Derksen verfiel wieder in sein amtliches Gehabe.- »... bei ihrem sogenannte Smo handelte es sich um einen gewissen Diplom-Ingenieur Henner Berg. Hat früher als selbstständiger IT-Berater gearbeitet. Ist nach ein paar Monaten pleite gegangen. Ist danach nie wieder auf die Beine gekommen. Sozialhilfe, Hartz4. Alles was Väterchen Staat an Annehmlichkeiten zu bieten hat.«

»Hat er ihnen das erzählt?«

Wie ein Bumerang kam ihre unfassbar blöde Frage, mit dem sie sich ja doch nur im Griff behalten wollte, zurück. Als sie leise zu heulen begann, ihr kleines, süßes Spitznäschen nur so schniefte, hatte Derksen die Schnauze von diesem Drama gestrichen voll. Trotzdem reichte er ihr ein Taschentuch. Und er tat es gerne.

Kapitel 22

Jette will zurück

Steif und allein stand sie am von gurrenden Seemöwen umflogenen Pier, in der einen Hand eine überquellende Jutetasche, neben der anderen einen abgewetzten, rotbraun karierten, auf den letzten Drücker auf der Flohschanze erstandenen Rollkoffer, der aussah als habe jemand damit die ganze Welt umrundet. Wie unwichtig erschien es ihr.

Sie hob den Arm, ließ ihn sofort wieder sinken, so schwer und unbeweglich fühlte er sich an.

Dem ihr lascher, kraftloser Gruß galt nahm das Fernglas herunter, spie eine Ladung Kautabak auf den Holzboden.

»Schiet ...«, entfuhr es ihm, doch immerhin ihre Figur schien, von ein paar verlorenen Kilos abgesehen, dieselbe. Wirklich beruhigen tat es ihn nicht.

Während dem er Freya alles Mögliche nur nichts Gutes wünschte und als wisse er nicht wohin mit seinem Schiffchen, jagte Pietjes das Steuerrad der A Cappella von links nach rechts und wieder zurück. Angeblich hatte sich einer ihrer Klepper letzte Nacht die Kolik eingefangen, weswegen sie ihre liebe Ponywelt auf keinen Fall alleinlassen könne. So war es ihm von einem ihrer Ausmister übermittelt worden. Dass das mit dem erkrankten Pony sogar stimmte wusste der sich immer unbehaglicher fühlenden Pietjes Hinnerksen nicht. Auch dass Freya die letzte Nacht trotzdem nicht im Stall beim armen, blähenden Pferdchen sondern reiernd und den ganzen Erdkreis verfluchend über der Kloschüssel verbracht hatte war ihm nicht bekannt. Eigentümlich rührte ihn die am Pier stehende Jette, die wiederzusehen er sich oft gewünscht hatte. Auch deshalb ließ er Freya Freya sein, für die er ja doch nur der letzte Deppes war. Wieder nahm er den Späher, den er sofort absetzte als er erkannte, wie sich eine andere Frau Jette im Laufschritt näherte und ihr um den Hals viel. Wie Jette erst auf die eine dann auf die andere Wange und anschließend -wenn auch nur kurz- auf den Mund geküsst wurde und all das recht stürmisch, nach des Herrn Hinnerksens fachmännischer Auflassung sogar recht leidenschaftlich geschah.

An der Schwester vorbei blicke sie auf das offene Meer, auf dem die A Capella, von den Wellen sanft bewegt, verharrte. Nichts hätte ihr eintrichtern können so nach Gressiel zurückzukehren. Jetzt aber war sie eine andere. Schräg kam die Erkenntnis bei ihr an. Schräg und zynisch.

Dass dieser widerliche, aufgedunsene Polyp sogar hier, an diesem so friedlichen Ort, aufkreuzen und sie in einer seiner ekligen Fressbuden wieder in die Mangel nehmen würde; damit hatte sie gerechnet. Aber mit ihr ...

»Ich weiß es doch auch nicht, Karin!«, wehklagte sie. »Soll schon weitergehen. Muss ja irgendwie.«

Auch Marie-Ambrosine hielt kurz nach dem Dampfer Ausschau, aus dessen Schornstein dicker schwarzer Qualm aufstieg. Wie ein leeres, den Kräften des Meeres ausgeliefertes Paddelboot dümpelte der marode Kahn vor sich hin.

»Ich hoffe dein Seetaxi hat keine Probleme ...«, merkte sie besorgt an, während sie sich rasch mit dem Ärmel ihrer schwarzen, ihr richtig gutstehenden Windjacke über die Wange wischte.

»Nein, keine Probleme.« Jette, die sich ebenfalls gefasst hatte, fügte hinzu. »Probleme sehen anders aus. Eines steht vor dir ...«

Leichte Sorgen machte aber auch sie sich. Früher hatte ihm der Schiffsmotor regelmäßig Probleme bereitet. Sicher aber -so beruhigte sie sich- hatte das alte Sehbärchen alles im Griff. Wie sympathisch sie plötzlich von ihm, für den sie früher nur Verachtung übrig gehabt hatte, dachte.

»Tja ...«, hob die Schwester an, um wenigstens irgendetwas zu sagen. »Frag schon, was du auf den Lippen hast. Haben ja auch nicht mehr viel Zeit.«

»Wenn ich die alle rauslassen würde könnte mein ...« -mit einem angedeuteten Lächeln zeigte sie auf die A Cappella, die sich wieder in Bewegung gesetzt hatte und jetzt längst zur Strömung stand- » … Seetaxi gleich wieder umkehren. Hast du Freya angerufen?«

»Ja ...Die Polizei wollte mir nichts ... « Und sie würde diesem -und genau dieses Bild schoss ihr hinter die Stirnlappen- gefallenen Engel nicht wissen lassen, wie Freya sie am Telefon unaufgefordert geduzt, wüst beschimpft und mit allen möglichen Vorhaltungen bedacht hatte. Von denen der unverfrorenste zweifellos der gewesen war, sie und ihre Mitschwestern hätten ihre Aufsichtspflicht grob verletzt. Und zu dieser Frau, die zu all dem die Stirn gehabt hatte, die nicht einmal die Volljährigkeit ihrer Ziehtochter anzuerkennen schien, kehrte Jette in einer die Nonne erschütternden Resignation und Freiwilligkeit zurück.

»Ich muss denen zur Verfügung stehen aber festhalten konnten sie mich nicht.« Jette sprach als habe sie mit der Polizei schon immer zu tun gehabt. »Ich brauche nur daran zu denken und mir wird übel. Gott, welche Geräusche der von sich gegeben hat.« Sie kniff die Augen zusammen, unter denen sich bereits dicke Ringe gebildet hatten. »Hab doch noch nie jemanden sterben sehen ...«

Das konnte sich Marie-Ambrosine, die mehr als einer Mitschwester in ihren letzten Lebensmomenten die Hand gehalten hatte, lebhaft vorstellen. Trotzdem wollte sie auf weitere Einzelheiten gerne verzichten. Die eindrücklichen Schilderungen von Schwester Renata, die sich als erste aus dem Haus begeben und beinahe noch über ihn gestolpert wäre, hatten ihr gereicht.

»Was ist denn mit deinem Auto?«, fragte sie auf einmal. »Hattest doch immer so viel Spaß damit.«

»Habs dahin zurückgebracht, wo ich es damals gekauft hatte. 400 Piepen habe ich noch dafür bekommen. Aber nur weil ich so hübsch wäre.« Jette rollte mit den Augen. »Da drüben brauche ich kein Auto. Knete brauche ich. Ich will die nicht wegen jedem Cent anpumpen müssen. Könnte doch eh nix zurückbezahlen. Wovon denn? Schon gut, dass man da nicht viel ausgeben kann.« So hilflos wie erschöpft klang es, als sie hinzusetzte: »Freya ist einfach nur Scheiße.«

»Das ist sie nicht!«, widersprach Marie-Ambrosine, ohne jede Überzeugung. Lange Sekunden sprachen sie nicht. Schließlich durchbrach die Nonne die lastende Schweigsamkeit:

»Warum hast du die Brocken hingeworfen?« Sie konnte es einfach nicht verstehen.

»Weil es sonst andere für mich getan hätten. Der Drecksack hätte mich sowieso gefeuert. Die Geschichte bei euch muss ihm ja gerade recht gekommen sein.«

»Das hätte er gar nicht so ohne weiteres gedurft, und erst recht nicht so kurz vor deinen Prüfungen. Es gibt Gesetze.«

»Glaub mir: Die Herren Arbeitgeber dürfen so einiges.«

»Du meinst: Sie *erlauben* sich so einiges …« Marie-Ambrosine seufze. Dann: »Schwester Renata tuts unheimlich leid, dass sie dich so angepfiffen hat. Was sie dir gerne noch gesagt hätte. Hat sich aber nicht getraut. Geht auch seit einer Woche nicht mehr raus, obwohl es ihr guttäte. Die haben wohl auch zweimal den Notarzt holen müssen, weil ihr Blutdruck bis wer weiß wohin gestiegen war.«

Jette nahm einen weit entfernten Ausdruck an. »Mir ging es auch nicht sonderlich«, erwiderte sie kalt. Trotzig stülpe sie sich die Kapuze über, die sie unter ihrem Kinn festzog. »Was solls. Ist eh alles vorbei.«

Die Nonne schaute fragend, als Jette klarstellte:

»Sie hatte doch recht.«

Das wusste auch Karin, für die es trotzdem nicht genug Hände gab, mit denen sie sich am liebsten an die eigene Nase gefasst hätte. Sie hätte wissen müssen, was es mit sich bringt jemanden wie Jette in einem solchen Haus unterzubringen.

»Hör mal …«, setzte sie voll Milde an.

»Karin hör du jetzt mal: es war nicht sie, die den Alten …« Sie brach ab.

»Nein …« Marie-Ambrosine legte ihre Finger an den Mund. »Natürlich nicht.«

»Und es war auch nicht sie, die nachts in diesem beknackten Chat herumgegeistert ist, um sich scharfmachen zu lassen.«

»Nein ...« Jettes Feststellungen wurde der Schwester, die die Vorgeschichte überhaupt nicht kannte, sich aber das eine oder andere zusammenreimte, zu viel. Mit ihrer Eifersucht verhielt es sich nicht anders, die ihr beinahe noch unfassbarer schien, als das was sich in ihrer gottergebenen Mitte zugetragen hatte. »Schwester Renata war es auch, die mich in Kanada angerufen hat. Ich bin so froh, dass ich so schnell umbuchen konnte und noch den Nachtflug bekommen habe.«

»Sie hatte deine Nummer?«, wollte Jette entgeistert wissen.

»Ja ...«

»Ist ja auch herrlich«, entfuhr es ihr spitz. »Ich hatte sie nicht.«

»Nein, du hattest sie nicht ...« Gott, würde es jetzt auch noch darauf hinauslaufen? Karin packte Jette an den Schultern, von denen sie sogleich abließ als sie merkte, wie die sich versteifte. »Aber ... ich ... ich war so sauer auf dich. Du kannst ... ich meine   du hättest alles Mögliche bei mir kopieren ... «

So sehr waren sie bei sich und gleichzeitig bei dem anderen, dass keine von ihnen die sich wieder nähernde A Capella bemerkte. Erst als es vor ihnen schäumte und sprudelte, die Wellen immer aggressiver gegen die faulen Stämme des Piers krachten, erwachten sie ins Drumherum.

Kapitel 23

Zwei die sich nicht kennen

Es war ein wunderliches Zusammentreffen, an diesem späten Nachmittag. Denn nicht nur vom Fährmann Pietjes Hinnerksen waren Jette und Karin beobachtet worden. Kika Sonnenberg aber, die immer noch an ihrer Erkältung laborierte und mächtig angetan war es mit ihrem Rollerchen tatsächlich rechtzeitig an die Küste geschafft zu haben, brauchte kein Fernglas. Denn nicht weit lag das vor sich hin modernde Bootshaus, vor dem lang ausgediente, von Seetang überzogene Ruderbote gestapelt waren, von der Anlegestelle entfernt.

Sie presste ihren Körper, von dem die kurzen Arme weit abgestreckt waren, an die schmutzigen Wellblechwand. Wie ein Dieb, in Erwartung eines günstigen Moments, spähte sie zum x-ten Male um die Ecke, hinter der sie die kleine Fähre ablegen und die fremde Frau davoneilen sah.

Jette hatte ihr tatsächlich eine Nachricht gesendet, wann und von wo sie nach Gressiel übersetzt. Sogar melden wolle sie sich, sobald sie angekommen und zur Ruhe gekommen sei. Das alleine war schon Enttäuschung genug gewesen. Weil es nicht danach geklungen hatte, als verspüre sie nur die geringste Lust auf eine persönliche Verabschiedung. Kika wollte fair bleiben: Ohne diese Nachricht wäre sie nicht hier. Trotzdem und warum Jette auch immer das Weite suchte. Vertrösten! Hinhalten! Die reiche Ernte für

Leute die nicht wichtig, immerhin aber eine Episode waren.

Den Grund kannte sie, die langsam an der Wand herunterrutschte und -unten angekommen- den Kopf in den verschränkten Armen verbarg, jetzt. Und so verharrte sie, ohne dabei zu weinen. So eine war sie nämlich nicht. Flennen konnten andere. Die Würde es nicht zu tun wollte sie sich unbedingt behalten. Sonst hatte sie doch nichts, aber mit der ging es ihr blendend.

»Kann ich Ihnen helfen?«

Kika spürte eine Hand an ihrem Oberarm, die mehr lag als das sie fasste. Unangenehm war es ihr nicht. Sie kannte doch nur ihre eigenen Hände, die sie eilig vom reichlich betroffen aussehenden Gesicht nahm.

»Womit denn?«, fragte sie genervt.

»Ist alles in Ordnung mit dir ...?«

»Mein Name ist Sonneberg«, erklärte sie gepitzt. »Und Ihrer?«

»Ich bin Schwester Marie-Ambrosine. Ich... ich habe mich von jemandem verabschiedet, der längere Zeit bei uns gelebt hat.« Die Nonne, die sich wesentlich sachlicher erklärt hatte als ihr zumute war, nahm den knalligen Roller ins Visier. So einen, wenn auch in schwarz, hatte sie früher, bis kurz nach Ablegung ihres Gelübdes, gefahren. Bis es ihr zu gefährlich geworden war. »Ist das deiner?«, fragte sie neugierig und sich erinnernd wie viel Spaß ihr das Ding, trotz ihrer ängstlichen Fahrweise, gemacht hatte. Weniger spaßig waren allerdings die spöttischen Blicke gewesen, die sie oft hinter sich zu bemerken geglaubt hatte.

»Ja, ist meiner.«

»Toll ...« Nachdenklich sah sie auf Kika herab. Und jetzt dämmerte es ihr: Sie kannte das auffällige Gefährt. Mehr als einmal hatte sie es bei den tristen Bauten der Schwestern knattern gehört. Auch wenn sie in der Schule mindestens genauso schlecht in Mathe gewesen war wie jene Frau wegen der es in ihr tobte; eins und eins zusammenzählen konnte auch sie.

»Sie sind wegen Jette hier, stimmts?«, fragte sie behutsam, ahnend auch die vor ihre kauernde Besitzerin des Mopeds war nicht in der besten Verfassung.

»Ja, bin wegen Jette hier …« Kikas Lippen zuckten. »Hab mich wohl nicht gut genug versteckt, was?«

»Doch, aber ich hatte plötzlich so ein komisches Gefühl, dass hier noch jemand ist.« -Marie-Ambrosine hielt inne- »Und sie sind tatsächlich den ganzen Weg von Hamburg hierher mit dem Roller gefahren?«

»Ja ...«

Die Nonne stieß einen sachten Pfiff aus.

»Und wie lange haben sie gebraucht?«

»Vier Stunden.«

Jetzt reichten Kika Sonneberg die Fragen. Aber auch in Marie-Ambrosine kroch ein leichter Ärger empor, den sie sich gleichwohl verbat.

»Sie haben mich und Jette am Steg beobachtet, richtig?«

»Ja, und jetzt lassen sie mich gehen.«

210

Der Schwester »nein« viel deutlich und der Griff mit der sie Kika am Handgelenk packte hart aus.

»Du weißt überhaupt nicht was passiert ist, richtig?« Wieder war sie beim Du angelangt. So wie man das gegenüber Menschen eben tat, die einfach nicht nach einem Sie aussehen.

Kika, die nicht schwach war riss sich augenblicklich los.

»Richtig, richtig, richtig!«, bollerte sie, die in den letzten zwei Wochen, von Enttäuschung und Infekt gleichermaßen lahmgelegt, nicht allzu viel mitbekommen hatte von der Welt drauf los. »Und es ist mir auch egal. Es ist mir scheißegal. Und ich sehe auch nicht ein warum es mir nicht scheißegal sein soll. Und wissen sie auch warum?«

»Nein, das weiß ich nicht?«, antwortete die Nonne mit ruhiger Höflichkeit, sah sie sich doch glänzend auf andere Überlegungen gebracht, von denen die erfreulichste die war an Jette festhalten zu wollen. Auch wenn sie sich nur die Hände gereicht, sich schrecklich nüchtern alles Gute gewünscht hatten. Sie schaute zum Meer, auf dem Pietjes Dampfer nur noch als winziger Punkt erkennbar war.

»Huhu! Sind sie noch da?«, hörte sie hinter sich eine Stimme ungehalten fragen.

»Ja … Ich bin noch da.« Wie im Trance drehte sich die Ordensfrau langsam um. »Du … du wolltest glaube ich sagen warum dir alles egal ist.«

»Nein, wollte ich nicht.« Wieder wirkte Kika, die es empörte, wenn man ihr nicht richtig zuhörte, angefasst. Jetzt aber wurde ihre tiefe, vor Fraulichkeit nicht unbedingt strotzende Stimme sehr klein und ihre

Besorgnis sehr groß. »Und was ist passiert, wenn ich fragen darf. Was mit Jette?«

»Na ohne Grund wir sie ja kaum nach Gressiel zurückkehren. Liest du denn überhaupt keine Zeitung?«

»Nein«, antwortete Kika, die sehr wohl gelegentlich interessierte Blicke in irgendeine Gazette warf, bevorzugt in die deren Ruf nicht der beste war. Zumindest wenn sie für das Schmierblatt nicht bezahlen brauchte. Obwohl sie als Auszubildende wesentlich mehr verdiente als Jette es getan hatte.

»Es … es hat bei und zwei ...« Marie-Ambrosine brach ab. Sie überlegte. »Wissen sie was. Wir fahren jetzt beide nach Bremsbeck und da suchen wir uns ein gemütliches Plätzchen und reden. Einverstanden?«

Kika Sonneberg war einverstanden aber sie verstand nicht. Was die Nonne ihr ansah.

»Ich würde ihnen das wirklich ungern hier erzählen. Warum weiß ich zwar selber nicht aber …« Ihre geröteten Augen wurden fragend. »Also, was ist?«

»Ok ...«

»Und? Darf ich sie jetzt duzen?« Marie Ambrosine lächelte.

»Wenn es sie glücklicher macht«. Nicht im Traum aber dachte Kika daran ihren Vornamen zu nennen. Sie aber war jetzt glücklicher. Und auch das behielt sie für sich.

Fast eine halbe Stunde brauchten sie nach Bremsbeck, während der die Nonne, auf der kurvenreichen Landstraße von zig Fahrzeugen überholt, ihr

Tempo dem des Rollers anpasste. Immer wieder schaute sie in den Rückspiegel, in dem Kika Sonneberg plötzlich verschwunden war. Einen Moment lang ehrlich besorgt stutzte Marie-Ambrosine. Dann trat sie aufs Gas. Mit über siebzig Sachen jagte sie über die schlecht geteerte Ortsdurchfahrt. Und sie schämte sich, entsetzlich schämte sie sich.

Epilog

Beide waren sie an einem Donnerstagnachmittag in die Erde gelassen worden. Mit etlichen Minuten Vorsprung der Kreiskämmerer a.D. Dr. Jost Bertram und natürlich auf dem Olsdorfer Friedeforst, in unmittelbarer Nachbarschaft zum dort schon länger ruhenden Marjellchen. Wenigstens sein mahagonifarbener, mit dicken Beschlägen ausgestatteter Pappelsarg hatte im Moment seiner Absenkung ein wenig Sonne vor allem aber viel viel Interesse abbekommen. Auch wenn es kein Sarg hatte werden sollen, es schließlich aber doch geworden war, weil der Kreiskämmerer a.D. versehentlich seinen diesbezüglichen Wunsch dem Testament beigegeben hatte, dessen Öffnung noch drei Wochen auf sich warten lassen würde. Selbst Kress, dem ausgesprochen gewissenhaften Notar, der Bertrams Frau gut gekannt und wirklich sehr verehrt hatte, war es seinerzeit entgangen.

Auf Henner dagegen war ein dicker Platzregen niedergegangen, gerade als die sechs städtischen Träger, von denen nicht alle von stämmigem Wuchse waren, seine schlichte Eichentruhe wenig sanft und noch dazu schief im Loch abgesetzt und ihre Berührung mit dem Tod von ihren starken Händen abgestreift und hinterhergeworfen hatten. Vom vertretungsweise eingesprungenen Pfarrer Lohberger abgesehen waren nur Henners Familie sowie Herr und Frau Gerlach auf dem kleinen Hangfriedhof zugegen gewesen. Das hatte Henner Berg ein halbes Jahr vor seinem überraschenden Tode handschriftlich so geregnet. Weil er seinen Leuten kein Begräbnis zumuten wollte, zu dem außer der Familie sowieso niemand erscheinen würde.